薔薇の王国
Kingdom of Rose

薔《ば》薇《ら》の王《おう》国《こく》

剛《ごう》しいら

ILLUSTRATION：緒《お》笠《がさ》原《わら》くえん

薔薇の王国

LYNX ROMANCE

CONTENTS

薔薇の王国

「伝説の花でございますよ、陛下」

そう言ってオルドマン公爵は、自慢の薔薇《ばら》園に咲き誇る、深紅の薔薇を国王に示した。

「永遠の若さと美貌《びぼう》を誇った伝説の騎士が、王の死後、後を追って殉死したときに、その体から血は流れず、無数の花びらが散ったと申します。その中に、奇跡の種子がありまして、それがこの薔薇、キングダムの原種となりました」

父の公爵が国王に説明しながら歩く後を、僅《わず》か遅れてアーネストは歩む。さらにアーネストは遅れてしまうが、それは手を繋《つな》いでいる幼い王女ハンナのせいだった。

八歳になった王女は、体が小さくてまだやっと五歳くらいにしか見えない。文字は読めず、もちろん書くことも出来ず、まともに話すことも出来なかった。

なのに銀色に光る見事な髪と、透き通るような肌をしていて、天使のように愛らしい。

「ネト……」

ついに歩くのにも飽きたのか、ハンナはアーネストに向かって両手を広げ、抱っこをせがむ。アーネストは期待に応《こた》え、軽々とハンナを抱き上げた。

何も分からないハンナなのに、十五歳も年上のアーネストが自分の許嫁《いいなずけ》だということは分かっているのだろうか。それでこんなに懐いてくるのかもしれない。

それとも単に、アーネストの優しい雰囲気が気に入っているだけで、従者と許嫁の区別もついていないのかもしれなかった。

「ハンナ様、ここに咲いているのはすべて薔薇ですよ」

オルランド王国一の、いや近隣諸国でも一位だろう見事な薔薇園を見回して、アーネストは呟《つぶや》く。

「よい香りがする、薔薇の花びらの入ったクッションを、ハンナ様に贈りましょうね」

優しく言うと、ハンナはアーネストの首に腕を巻き付け、楽しそうにキスをしてくる。そのあどけない様子に、アーネストも思わず微笑《ほほえ》んでいた。

この婚約は、すでに二年前から決まっていた。今日はその正式な申し入れに、国王自らハンナを伴って、オルドマン公爵邸を訪れたのだ。

国王とアーネストは従兄弟《いとこ》にあたる。その関係で他《ほか》の貴族の子弟と比べても、幼少の頃《ころ》から国王とはより親しく接していた。だから国王はアーネストの優しい性格をよく知っていて、将来が不安な王女の婿にと早々に決めてしまったようだ。

見事な金の髪と、澄んだ空のような青い瞳《ひとみ》を持つアーネストは、とても優雅で美しい男だ。まだ二十三歳という若さだから、誰《だれ》とも婚約などせずにここまで来たが、社交界では常に注目の的だった。

この婚約が知れ渡ったら、きっと嘆くレディは数多くいるに違いない。

アーネスト自身は、婚約した、いやさせられたことに不満はない。むしろパーティ会場で出会うレディ達《たち》の中から、誰か一人を選ばなくてよくなったと、ほっとしているくらいだ。

「陛下、あちらは新大陸から取り寄せた新種でございます。あれを元に交配いたしまして、やっと念願の美しい黄色い薔薇が咲き始めております」

「そうか、新大陸にも薔薇はあるのか」

国王は心底驚いた様子で言った。新大陸にあるのは、黄金や宝玉、それに珍しい香辛料だけだとでも思っていたのだろうか。

オルドマン公爵としては、黄色い薔薇をもっと自慢したいところだろう。これまでこのように綺麗《きれい》な黄色い薔薇は、この国では咲いたことがなかったのだ。

実はこの薔薇の苗は、オルドマン公爵家の結構な副収入になっていた。今や貴族の邸宅では、花壇に薔薇を植えるのが流行になっている。よい苗は、宝石並みの価格で取引されていた。

庭に出されたテーブルの上には、豪華な昼食の支度が整っていた。ここでも薔薇の花びらを乾燥させたものが、お茶やお菓子に利用されている。

甘い香りの薔薇茶を飲み、ほんのり薔薇の香りのする焼き菓子や、薔薇の花びらのジャムを塗ったパンを食べるのだ。

ハンナを下ろし、椅子《いす》に座らせようとしたがアーネストは失敗した。ハンナはアーネストの膝《ひざ》の上に、どうしても座りたいらしい。願ったようにしないと泣きだしそうなので、アーネストは無理に引き離そうとする子守りの手から、ハンナを再び抱き取って膝に乗せた。

「ネト、ンナ、おかち、たべゆの」

「ハンナ様は、何がお好きですか？　ピンクの砂糖でお化粧したケーキはいかがですか？」

アーネストはハンナのためにケーキを取ってやり、食べるのを手伝った。ハンナは手づかみでケーキを頬張《ほおば》り、ぼろぼろ零《こぼ》してアーネストの美しい上着やズボンを汚す。子守りはおろおろしていたが、アーネストは嫌がらずにハンナの世話をしっかりやってのけた。

「アーネスト・オルドマン。もしハンナが子を成せなかったら、実姉のローリンガム伯爵夫人の生んだ子を、養子にするがいい」

国王は慰めのように言う。それを聞いているオルドマン公爵の顔も複雑な表情になっていた。

国王と王妃との間に生まれた皇女はハンナのみだ。他に子も何人か生まれはしたが、生後すぐに儚《はかな》くなってしまった。王妃はすっかり体調を悪くし、もう子を作るつもりはないようだ。

そうなると国王は、愛人にでも男児を生ませ、世継ぎとして選ばねばならないだろう。あるいはハンナの子供が、新たな王となる可能性もあるにはあるが、無理だと国王はすでに諦《あきら》めていた。

オルドマン公爵家にも、跡継ぎはアーネストしかいない。姉が一人いて、すでに伯爵家に嫁いでいるが、養子に出せるくらい子供を生めるかどうか、これも分からなかった。

かといってアーネストは、ハンナと婚姻した後、跡継ぎを得るためだけに愛人を持つなど考えもしなかった。むしろアーネストにとっては、ずっとハンナとままごとのような夫婦でいるほうが、救いとなるだろう。

王国の繁栄は、長く続いていた。だが、花の古木が根元から弱ってくるように、国王と貴族の力は弱まってきている。貴族の特権を守るために、親戚《しんせき》同士の婚姻が多く、そのせいで健康な世継ぎが生まれにくくなっているのが、大きな要因の一つではないだろうか。

「商船の一団が、我が国に膨大な利益をもたらしてくれるのは認めますが、如何《いかん》せん、商人というものは信用が出来ません。議会での発言権が、日に日に増しているのは、よくない兆候です」

オルドマン公爵は、いつも口にしている持論を、直《じか》に国王に訴えていた。

「自由民という発想が、そもそもおかしいのです。国は王が統べるべきもの。古《いにしえ》より、そうやって繁栄してまいりましたのに、自由に生きる権利とは、いったい何なのでしょう」

それをただ聞いているだけで、アーネストは何も発言しない。オルドマン公爵はよく邸宅に貴族を集めて、今のような話をしているが、その会合にアーネストが加わることはなかった。

政治には興味がない。アーネストはただ、好きな絵を描《か》いて、薔薇に囲まれて暮らしていければそれでいいと思っていた。

こうして生きているだけで、罪深いような気がしている。

だからといって、公爵家を引き継いで領主となった後、財産のすべてを教会に寄付して、罪を悔い改めるほどの勇気はまだなかった。

「議会は貴族院と国民会院とで成り立っておりますが、そろそろ国民会院の議員の発言権を、封じ込める必要があると思われます。過激な輩《やから》の中には、よからぬ陰謀を企《たくら》む者もおりますから」

「どのような陰謀が企まれているというのか？」

国王は薔薇のジャムを塗ったパンを食べ続けながら、気のない様子で言ってきた。どうやらこの場で熱くなっているのは、オルドマン公爵だけのようだ。

「ネト、おはな、あっち」

アーネストの膝から滑り降りたハンナは、何を思ったのかいきなり温室に向かって走り出す。身軽なせいか、走るのは結構速かった。

子守りが慌てて追おうとするのを制して、アーネストはゆっくりとハンナの後を追う。

「そうか、温室の鳥を見つけたんだな」

ガラスで作られた大きな温室の中には、素晴《すば》らしい彩りの羽を持つ、南国の鸚鵡《オウム》が飼われている。

ハンナは目ざとくそれを見つけたが、鳥と思わずに花だと思ったらしい。

「ハンナ様、温室はガラスですから、気を付けて。私と手を繋いで行きましょう。鳥を見せてあげますから」

どうにかハンナに追いついたアーネストは、ハンナの手を引いて温室の中に入った。

中は南国のような暑さだ。様々な熱帯の観葉植物が植えられている間に、足に小さな輪を塡《は》められ、その先を鎖で繋がれた鳥達がいて、闖入者《ちんにゅうしゃ》に抗議の鳴き声をあげる。

ハンナは驚いたのか、アーネストにまたしがみついてきて、抱っこをせがんだ。

「怖がらなくてもいいですよ。鳥達が襲ってくることはないから」

珍しい花や、異国の果物の木などを見せて歩いていたアーネストの足は、そこで止まった。

上半身裸の、逞《たくま》しい若者が働いていた。髪は黒々としていて、肌も陽《ひ》に焼けて浅黒い。筋肉の盛り上がった素晴らしい胸をしていて、腹には筋肉が美しい層を成していた。

「あっ……」

目が離せない。

けれどあんなものは、ここにいてはいけない。

少なくとも、アーネストの目が届く範囲に、いてはいけないものなのだ。

「あ、若様、これは失礼いたしました」

庭師頭のボルドが気が付かなかったら、アーネストはそのまま動けずにいただろう。けれど見慣れたボルドの顔が、アーネストを現実に引き戻した。

「ハンナ王女が、鳥を見たいご様子だったので……」

「そうでしたか。今日は温室の見学のご予定がなかったので、作業を進めさせていただいております。お小さい姫君には、危のうございますから、お気をつけて」

「ああ、ありがとう……」

避けようとしても、自然と視線は見知らぬ若者に吸い寄せられてしまう。するとボルドもやっと気が付いて、若者の手を止めさせた。

「この男は、新しい庭師のサイラス・ブラハムです。サイラス、ハンナ王女と、御当家の若君のアーネスト様だ」

男達はそこで跪《ひざまず》いて、頭《こうべ》を垂れて挨拶《あいさつ》した。アーネストだけなら、そこまで丁寧な挨拶は必要なかったが、幼い子供とはいえハンナは王女だ。礼を失したことが誰かに見つかると、後で問題になる。

「作業の邪魔をしてすまなかった。鳥を見たから、ハンナ王女も満足なさっただろう。これで失礼するよ」

そうアーネストが言うと、サイラスは顔を上げた。

射るような視線が、アーネストに向けられる。深い海を思わせる、暗い青の瞳だった。

アーネストでなくても、この男はこんな不躾《ぶしつけ》な視線を向けるのだろうか。相手によっては、非礼だと怒り出すかもしれない。

注意すべきだろうか。けれどそんなことをして話し掛けたら、アーネストは今夜、サイラスの夢を見てしまいそうだった。

「ハンナ様、まいりましょう」

去ろうとすると、ボルドがまた話し掛けてきた。

「若様、お部屋にまた薔薇を届けますか？」

「えっ、あ、ああ、そうしてくれ」

「どんなお色がよろしいでしょう？」

「ん……そうだな。赤を……赤の絵の具はたっぷりあるんだ」

アーネストのささやかな冗談に、ボルドは愛想よく微笑んでくれた。

温室を出たものの、まだ熱帯の国にでもいるようだ。全身が汗ばんでいて、アーネストの心臓はどきどきと激しく脈打っている。

あんな男が雇われたなら、当分、温室には近づかないほうがいい。

アーネストがもっとも恐れるもの、それは若くて逞しい、黒髪の美しい若者だったからだ。

母は病で昨年亡くなり、姉は二年前に嫁いでいた。それ以来、この邸《やしき》に女性の姿はない。オルドマン公爵は政治に奔走するのが忙しく、愛人の元に通うような余裕は全くなかったし、アーネストはすでにハンナとの婚約を二年前から打診されていて、特定の女性と親しくするなど許されていなかったからだ。

広い食卓で、オルドマン公爵と二人きりの夕食が始まる。食事中は床の掃除係になるために選ばれた猟犬が二頭、公爵とアーネストの間を忙《せわ》しなく往復していた。

アーネストは肉が程よく残った骨を、さりげなく床に落とす。両方に行き渡るようにしないと、強いほうばかりが食べてしまうのが難点だった。

「ハンナ王女は、あのままなのだろうか」

公爵の呟きにアーネストは答えず、曖昧《あいまい》な微笑みだけを返した。

「頭の中身などどうでもいいのだ。無事に、次期国王となれるような者が生めればいい」

何て残酷なことを言うのだろうと、アーネストは耳を塞《ふさ》ぎたくなる。今のままで育ったら、ハンナが子を生むのは難しいだろう。無理をさせれば、ハンナの命そのものが危うくなるかもしれない。

許嫁というよりも、兄のような気持ちでアーネストはハンナのことを思っていた。

「陛下も生温《ぬる》い。温情主義をかざしていたら、ますますあの自由民共は調子に乗って、いずれはこの国の実権を手に入れようとするだろう」

「考えすぎではないのですか？」

「アーネスト、おまえは邸にばかり籠《こ》もっていて、外に出ないから何も知らないのだ。嫡男でありながら、花の絵を描くしか能がないとは情けない」

そう言われても、アーネストに反論は出来なかった。

外の世界が怖いのだ。

なぜなら外の世界には、魅力的な若い男が大勢いるから。

「他国の実例があるのだ。早い内に、悪い芽は摘んでしまうべきだろう。なのに陛下は、何もなさらずにいる。せめて国軍を強化するようにと進言しておいたが、果たして聞いていただけたのか」

公爵もどうしてアーネストが、邸に籠もってばかりいるようになったのか、詳しく追及しようとはしない。そんなことをしたら、公爵自身、思い出したくないことを、わざわざ思い出さなくてはいけなくなるからだ。

ここまで公爵が自由民を嫌うようになったのは、アーネストにも原因がある。

忌まわしいことが起こり、それが公爵を過激にし、アーネストを臆病《おくびょう》者にしたのだ。

食事の間中、公爵はぶつぶつと自分の考えを呟き続ける。アーネストにとってそれらの言葉は、いつの間にか風や雨の音のように、意味のないものになっていた。

やっと食事が終わると、アーネストはすぐに自室に戻る。もう夜になってしまって、部屋に光りが入らないから絵を描くことは難しいが、簡単な素描くらいは出来るだろう。

絵を描くためにあるような部屋だ。形は円形で、四分の三が窓になっていた。ここだと朝陽から夕陽まで、たっぷりと光りを部屋に導くことが可能なのだ。

夜なので、窓はすべてカーテンに覆われていた。アーネストは部屋の隅に置かれたベッドに近づき、寝間着に着替えようかと考える。

本来なら、着替えなど使用人に手伝わせるべきだ。けれどアーネストは、すべて自身の手で行う。貴族にあるまじき愚かな振る舞いだと公爵は言うが、使用人に体をすべて見られるのがアーネストには苦痛だったのだ。

そのとき、誰かがドアをノックした。アーネストは部屋を見回し、使用人が何かし忘れて訪れたのかと思った。

食事の間に、アーネストが眠る準備を完璧《かんぺき》に終えておくべきだ。最近の使用人は質が悪くて、命じられたことをきちんとこなすことも出来ないのかと、怒りが湧《わ》いてくる。

そんなふうに腹を立てるのは、やはり貴族の息子らしい傲慢《ごうまん》さからだった。

「どうぞ……何か、忘れたのか？」

ドアのほうを見ずに、アーネストは冷たい声で言う。するとそれまで一度も聞いたことのない声が答えた。

「花を届けるのが遅くなりました」

「えっ?」

驚いて振り返ると、そこにはサイラスが、たくさんの薔薇の花を持って立っていた。

いけない、こんな夜にこの部屋を訪れて欲しくない。そのまま夢に現れそうで、アーネストは緊張のあまり身を堅くする。

「夜より朝のほうがいいんじゃないかって、庭師頭に言ったんですが、若様は夜も絵を描かれるそうですね」

サイラスは臆する様子もなく部屋に入ってくると、いくつもある花瓶の一つに薔薇を活《い》けている。

「変なこと訊《き》いてもいいですかね?」

低いがはっきりと通る、実に蠱惑《こわく》的な声をしている。いっそ耳を塞ぎたいくらいだったが、アーネストは抑揚のない声で答えた。

「何か?」

「花は、描いているうちに枯れてしまうんじゃないですか?」

「……それは、そうだけど」

「まさか、花が枯れる前に、描き上がるってことはないのでしょう?」

おかしなことを訊く。アーネストは思わず笑ってしまい、そのせいでそれまでの緊張感が切れてしまった。

「枯れても、似たような花があるから、質感を描くのにはそんなに困らないんだ」

「ああ、そういうものなんですか。何も、同じ花である必要はないんですね」

「そうなんだ。ただ色だけは、同じでないと困るけれど」

サイラスはまだ何か言いたそうにして、アーネストをじっと見つめている。出て行けと命じるのは簡単だが、アーネストはそうせずに立ち尽くしているしかなかった。

「雨の日と、晴れの日じゃ、光りも違うでしょ。春と秋でも違うし。そんなことでは、困らないんですか？」

「雨は、毎日降り続くものでもないし……一枚の絵に一年はかけないよ」

庭師なんて無学な者ばかりだ。そう思っていたのに、何だかサイラスの様子は違う。絵に興味を持っているようだし、言葉の端々に知性が感じられる。

それともアーネストが偏見を持っているだけで、庭師も料理長も従者も、皆、それなりに知性があるのかもしれない。

自由民、貴族以外の人間を公爵はそう呼んで差別する。知性や教養があるのは、貴族だけだといった、独断と偏見に満ちた教えを受けてきたせいで、無意識のうちに彼らを差別してしまうのだ。

「何でうちの庭師になったんだ？」

珍しくもアーネストは、自分からサイラスに質問していた。

貴族は平民に対しては、いつも鷹揚《おうよう》な態度でいるべきだ。母はそう教えてくれた。威圧するより、親しげにしておいたほうが、彼らはよく働いてくれるというのが、母の持論だった。

だからアーネストは、どうしても使用人と話さなければいけないときは、出来るだけ穏やかにしているように努めている。公爵のように、頭ごなしに怒鳴りつけるようなことはしなかった。

今も落ち着いて、穏やかに話しているつもりだ。

けれど語尾は震えていないだろうか。頬は真っ赤になっていないか。そんなことのほうがむしろ気になる。

「いずれ新大陸に渡って、あっちで庭師をやるつもりなんです。ここの親方は、有名な庭師だから、勉強になると思って」

「新大陸？　わざわざそんな遠くまで行くつもりなのか？」

「あっちに邸宅を構える人も増えてますよ。俺《おれ》の親戚は大工だけど、向こうに渡って大儲《おおもう》けしてます」

「そうなのか……」

この国でもたらされる利益は、すべて国王と貴族のものだ。けれど新大陸で得られる利益は、そのために努力した人間のものになるのだった。

だから野心のある者は、新大陸を目指す。それをよく思わない公爵のような貴族達は、新大陸で得られた利益にも法外な税を掛けるべきだと主張していた。

「こんな立派な温室のあるお邸はそうないです。勉強になります。それに中を温めるために、湯を大量に湧かすから、毎日、入浴出来るのは嬉《うれ》しいです」

「えっ……あ、ああ、そうなのか」

「庭仕事は汚れますからね」

汚れて当然だろう。そういう仕事なのだ。なのに綺麗好きなんだと思うと、おかしな気がしてくる。いけない、このままずっと話していたら、もっとサイラスのことを知りたくなってしまう。妻にしたいような女性はいるのかとか、余計なことまで訊いてしまいそうだ。

「若様は、狩りや乗馬はなさらないんですか？」

もしかしてサイラスも同じ気持ちなのだろうか。いきなりそんなことを訊かれて、アーネストは途惑いながらも答える。

「以前はやったけれど、今は、絵を描くのが一番の楽しみなんだ」

「そうですか。では、綺麗な花をお届け出来るように、努力いたします」

サイラスは軽く礼をすると、まだ未練がありそうな様子を見せながら、やっと部屋から出て行った。

アーネストはそのままベッドに座り込み、まだ激しく高鳴っている心臓が、どうにか元に戻ってくれと願う。

「どうかしてる……彼は、ただ花を届けてくれただけだ」

そして少しばかり領主の若様に興味を抱いて、話し掛けてきただけだ。きっと明日の朝には、若様と親しげに話したことを、自慢げに洗濯女や料理係に吹聴《ふいちょう》して回るのだろう。

所詮《しょせん》、その程度の男だ。彼はただの庭師なのだから。

少し落ち着いてくると、アーネストは届けられたばかりの薔薇を見にいった。

棘《とげ》は丁寧に取ってある。花瓶に入れるのにほどよい量で、完全に開ききっていない、しばらくは楽しめそうな花ばかりだった。

アーネストは画布の上に、木炭で薄く素描を描き始める。けれど何度もその手は止まった。

本当はサイラスのような男の姿も描いてみたい。出来ることなら、その裸体を描きたいのだ。

けれどそれは、間違ってもしてはいけないことだった。だからアーネストは、描くのを許された花だけをひたすら描き続ける。

眠るのが怖い。今夜はきっとサイラスの姿を借りて、夢魔《むま》が訪れるだろう。夢魔に襲われると、とても恥ずかしいことになってしまう。

洗濯女の手に下着が渡る前に、自ら濯《すす》がないといけないが、そんなことをしたらしたで、また笑われるのだろうか。

何でこんなことになってしまったのだろう。アーネストは自分が呪《のろ》われた者だと思う。前世からの罪人で、この世に生まれたのは贖罪《しょくざい》のためだけなのかもしれない。

愛欲の感情が、男にしか向けられない。そういったことが許されるのは、騎士の時代までだ。

今のこの国では、アーネストのようなものは異端でしかないのだ。

結局、一睡もしなかった。朝陽が上ると同時にカーテンを開き、真っ赤な薔薇の花びらを、僅かの光りが輝かせる様子を、目を細めて見守った。

そうしているうちに、椅子に座ったままでうとうとしていたらしい。従者の声で起こされて、アーネストは夢魔に襲われなかったことを感謝した。

公爵と一緒に食事を摂《と》るのは夜だけだ。朝は好きにしていいので、アーネストは部屋で朝食を摂る。その後は、六頭の犬達を連れて広大な庭を散策するのが日課だった。

朝露に濡《ぬ》れた庭には、様々な色の薔薇が咲き乱れている。温室で栽培されているものと違って、こちらはこの国の風土によく合ったものだ。さらには訪れた人を驚かせる、見事な薔薇のアーチが設《しつら》えてあった。

「ここは薔薇の王国だ」

アーネストはそう呟きながら、大輪の花に顔を寄せる。

「そして私《わたし》は……孤独な薔薇の王、いや、薔薇の騎士かな」

騎士の時代に生まれていたら、王と婚姻することも可能だったのだろうか。男同士で永遠の忠誠を誓い合うなんて、何とロマンティックなのだろう。アーネストはそんな時代に生まれなかったことが残念でならない。

「いや、生まれていたのかもしれないな。そして……思いを満たせずに死んだ騎士の、生まれ変わりなのかもしれない」

自分が夢想家なのは分かっている。けれどこの薔薇だらけの邸にいる限り、アーネストは好きなだけ夢の中だけで暮らしていけるのだ。

やがてはここにハンナも加わる。ハンナと二人、煩雑な現実から逃れて、静かに暮らしていけばいい。そうすればアーネストは、自分の罪深い欲望のせいで、苦しまずに済むのだから。

「ロン、こら、そっちの花壇を荒らすんじゃない」

困ったことに一頭の猟犬は、野鼠《ねずみ》か野兎《うさぎ》を見つけてしまったらしい。それが引き金になって、他の犬も後を追う。公爵が丹精込めて作らせている花壇の中に、次々と飛び込んでいってしまった。

「こらっ、よしなさいっ。駄目だっ！」

アーネストには飼い主としての威厳はないらしい。犬達はアーネストなど無視して、騒乱状態になっていた。

すると鋭い口笛が鳴って、犬達の動きが止まった。耳を心持ちあげて、さらに高く響く口笛を聞いている。

見るとサイラスが、口笛を吹きながら近づいてきて、巧みに犬達を集め始めた。犬達は今は狩りの時間ではないと思い出したのだろうか、従順にサイラスに従って、ついには地面に伏せていた。

「起きるのが早いんですね。昨夜は、ずっと起きていらしたでしょう？」

笑顔で言いながら、サイラスはまるで昔から飼っていた自分の犬のようにして、猟犬達を撫《な》で始めた。犬達が嫌がっていないのは、一目で分かる。けれど問題なのは、犬達の無節操さではない。

なぜサイラスが、アーネストが眠っていないことを知っているかだった。

「どうして起きていると？」

「俺は、温室で寝ているものですから、若様の部屋から灯《あか》りが見えたので」

「温室で寝ているのか？」

もう少しましな寝場所はないのかと言いかけて、アーネストは口をつぐむ。庭師達は、園芸用の作業小屋で寝泊まりしているのだ。そこよりは温室のほうが、まだましかもしれなかった。

「今日はいい光りが入りそうですね。今から、絵を描かれるんですか？」

「ああ……そのつもりだ」

他にすることがないのだ。領地の管理は、すべて家令がやってくれている。だからアーネストは、公爵が毎年どれだけの収入を領地から得ているのかも知らない。

公爵のように政治に首を突っ込めば、それでも少しはやることが増えるだろうが、生憎《あいにく》とアーネストには全く興味の持てない世界だった。

かといって有名なサロンに出入りして、芸術論なんてものを語りたいとは思わない。何しろアーネストは、外の世界に出掛けるのが嫌いなのだ。魅力的な若い男がいるからだけでなく、饒舌《じょうぜつ》なご婦人方も大の苦手だった。

「君は、何をやっていたんだ？」

訊いてやれば嬉しいだろう。使用人なんてものは、そうやって領主の一家に話し掛けられるのを、何よりもの喜びとしているのだから。

そう思って訊いたのに、サイラスは浮かない顔をして、親しい仲間に秘密を打ち明けるような口調で話してくる。

「昼過ぎに、来客があるということなので、庭の整地をやらされてます。邸の中に、広い食堂があるのに、何だってわざわざ外で食べたがるんですかね？」

「えっ？　ああ、それは……」

公爵と意見を同じくする貴族達の集まりだった。公爵は邸内だと、物陰に隠れて話を盗み聞きされると本気で心配しているのだ。そのために天気が余程悪くない限り、外で食事をすることになっている。集まる名目も、花を愛《め》でるということになっているから、外で憩うほうが自然だろう。

「花を見せたいからなんだ」

「ならばもう少し、花壇の近くでもいいでしょうに。何もない芝生の真ん中ですよ」

「庭の全体を見せたいんだよ」

嘘《うそ》は心苦しい。公爵は使用人を信用していないから、話している間、誰も近づけないためにそうしていると話せたら、少しは気も軽くなるのだが。

「だったら邸の二階のバルコニーからのほうが、庭全体を見回せると思いますがね。ま、貴族の皆様の考えることは、我々には分からないので、余計なことでしょうが」

少し嫌みっぽく聞こえる。昨日、やってきたばかりの使用人が、そんな生意気なことを言うんじゃないとでも叱《しか》ればいいのだろうか。

「サイラス、私には、そういったことを言っても構わないが、公爵の耳には入れないほうがいい。公爵は、気難しいお方だから」

叱るというより、優しく注意した程度になってしまった。だがサイラスは、とても魅力的な笑顔でそれに応えた。

「すみません。若様だと話しやすいから、つい、言い過ぎました」

「いいんだ……。私の前なら、何を言っても構わない」

ずいぶんとサイラスに対しては甘いものだ。何を言っても構わないなんて、使用人に言うべき言葉じゃない。なのにアーネストは、サイラスの機嫌を取りたくて、ついそんなことを言ってしまう。

「犬の扱いに慣れているようだが」

そこでアーネストは、わざと話題を変えた。サイラスは褒められたことが嬉しいのか、相変わらずの笑顔で答える。

「狩り番の手伝いをしていたこともあるので、要領を知っているだけですよ。狩り番は皆、同じような感じで口笛を吹きますから」

「そうなのか？　私は、飼い主なのにあまり敬意を向けられていないらしい」

またこんな軽口を叩《たた》いている。サイラスの前だと、アーネストの口は自然と滑らかになるようだ。

「若様が、きつく叱らないと分かってるんですよ」

「そうか……そうだな」

犬に対してすら、強く出られない自分の弱さをアーネストは恥じたが、曖昧な笑顔で誤魔化《ごまか》すしかなかった。

「すまない、仕事の邪魔をしてしまった」

もっと話していたいけれど、それはいけないことなんだと、どうして学べないのだろう。昨夜はたまたま夢魔を撃退出来たが、またこんなに親しくしてしまったら、新たな夢を見てしまいそうだ。

「邪魔だなんて、とんでもない。若様、何か手伝えるようなことがあったら、いつでも声を掛けてください。こうして若様と話せるのは、とても楽しいです」

アーネストの頬は、そこで薔薇の花びらのようなピンク色に染まった。

サイラスが好意を寄せてくれている。そう思うだけで、何だか特別に幸運なことが、舞い込んできたような気がしていた。

その場からサイラスが立ち去ろうとすると、犬達は何を勘違いしたのか、サイラスについていこうとした。そこで慌ててアーネストが呼び戻そうとしたが上手《うま》くいかない。結局は邸に戻るまで、サイラスと共に歩くことになってしまった。

「酷《ひど》いな、今日は全く言うことを聞かない」

アーネストが困惑した様子で言うと、サイラスは明るく笑う。

「きっと俺の体に、犬達の好きな匂《にお》いが染みついているからですよ」

「どんな匂い？」

「花の肥料に、骨粉を砕いたものを使いますからね。人にはいい匂いじゃないけれど、犬にはきっとたまらないんでしょう」

「そうなのか？　恥ずかしいな、薔薇に骨を食べさせているなんて、今まで知らなかった」

どうやったらあんなに美しい花が咲くのか、公爵は日々研究をしていてよく知っているが、アーネストは何も知らない。

アーネストの脳内では、美しい薔薇の精が犬のように骨を囓《かじ》っている姿が浮かんでいた。その薔薇の精の顔がサイラスになってしまったところで、アーネストはまた一人で頬を赤らめる。

半裸の美しい薔薇の精。けれどそれがどうして女の姿ではなく、男になってしまうのか。

「おまえ達、俺にお愛想したって、何も出ないぞ。いいか、作業場に入って、骨粉を狙《ねら》おうなんてするなよ」

「話して分かるようなら、苦労はしないだろう」

「でも、こいつら頭がよさそうだから、もしかしたら分かるかもしれないですよ」

「だったら、犬の側《そば》での独り言は慎まないといけないな。かなりまずいことを言っている」

アーネストは笑う。サイラスも笑った。

人前で声を上げて笑うなんて、滅多《めった》にあることではない。いつも静かに微笑むのが精一杯なのに、アーネストはいつもと違う笑いの中にいた。

「さぁ、おまえ達、紐《ひも》で繋がれたくなかったら、大人しく若様と邸に帰るんだ。もうしばらくしたら、外に客が来るから、昼食のおこぼれをたっぷり恵んでくれるよ」

サイラスの言葉が分かったのだろうか。その後は、もうサイラスにまとわりつくことはせず、犬達も大人しく邸へと向かう。

アーネストも邸へと向かいながら、何気なく後ろを振り返った。すると、その場に立ち尽くして、じっとアーネストを見送っているサイラスと視線が合った。

サイラスは手を振り、くるっと踵《きびす》を返して戻っていく。今度はアーネストが、その後ろ姿を見送る番だった。

胸が苦しい。この苦しさは、サイラスがいる限り続くのだ。

罪深いと感じるなら、二度とサイラスに会わないようにすればいい。サイラスだって、アーネストに好意は寄せていても、まさか自分が邪《よこしま》な欲望の対象として、見られているとは思いもよらないだろう。

アーネストは、自分をこんなふうに変えてしまった男のことを思い出す。もし彼が何もしなかったら、アーネストはこんなふうに邪な目で、男達を見るようなこともなく大人になれたのだろうか。

それともアーネストは、生まれ落ちた瞬間から、罪深い人間だったのかもしれない。

明るい戸外から邸内に戻ると、一瞬、夜かと思うぐらい薄暗く感じられた。建ってからどれくらいになるのだろう。広大な邸はかなり古くて黴臭《かび》い。それを感じさせないようにしてくれるのが、あらゆるところに飾られた薔薇の花だった。

ホールから二階へと向かう階段の壁には、ずらりと先祖達の絵が飾られている。どうやらオルドマン公爵家は、元々が美男美女の家系らしく、描かれているどの姿も美しい。

アーネストによく似た姿の絵もある。金色の髪をした美しい貴族は、かなり昔の衣装を纏《まと》っているが、そのままアーネストの肖像だと言っても疑われないだろう。

けれどこの歴史あるオルドマン公爵家も、アーネストの代で終わりになるのかもしれない。そんな予感のようなものが湧いてきて、アーネストを不安にさせていた。

庭での昼食会は盛大だった。結構な数の客が訪れていて、給仕をする使用人は大変だっただろう。何しろ、話している間は近づいてはいけないのだ。かといって、客は飲み物を欲しがったり、料理の追加をねだったりするのだから、たまったものではない。

そこまで用心したからといって、話している内容が、全く漏れなかったということはない。アーネストは客達に挨拶するのに、一度だけ顔を出した。そのときに近づいていく間、声高に議論する男達の声は、離れている場所からでもよく聞こえた。

そのせいで彼らが、いったい何をしようとしているのかが分かってしまった。

議会は貴族院と国民会院の二院から成り立っている。そのうちの国民会院を無視して、貴族院だけで自由民に対する増税を決定させようとしているのだ。

夜になって、やっと客達は皆帰ったが、昼からずっと酒を飲んでいた公爵は、夕食をアーネストと食べることはしなかった。興奮して喋《しゃべ》りまくっていたから、疲れたのだろう。早々に自室に籠もって、暖炉の前に置いたバスタブで入浴していた。

そこにアーネストは訪れ、言ってはいけないと思いつつ、やはり黙ってはいられなくて自分の意見を口にしてしまった。

「父上……お話があります」

人がいれば公爵と呼ぶが、今は従者が一人いるだけだ。この従者は、アーネストが生まれる前から公爵の従者だった者で、気心は知れていた。

「何だ、明日にしてくれ」

公爵は疲れ切った様子で、冷たく答える。

今日集まった貴族の中には、アーネストとそんなに歳《とし》の違わない青年貴族も何人かいた。公爵にしてみれば、跡取り息子がこんな軟弱者でと、内心不満が溜《た》まっているのだろう。自然とアーネストに対する態度は邪険になっていた。

そんなことでアーネストが傷ついているなんて、公爵は考えてもいない。

「明日になったら、父上は行動を起こされるのでしょう？　自由民から税を搾り取るなどなさったら、父上ご自身の命が狙われます」

「政治になど興味はないのだろう？　何を今更、そんな余計な口を挟むのだ？」

迷惑そうに公爵は答える。いつもならここで萎縮《いしゅく》してしまうアーネストだが、今夜はしつこく食い下がった。

「父上の身を案じているからです。暗殺など平気で行う者がいると聞きました。もし父上に何かあったらと思うと」

「そうだな。私の身に何かあったら、おまえもそうやって絵を描いて遊んでばかりもいられなくなるものな。何しろ、次期領主となるのだから」

皮肉っぽく言われて、アーネストは悲しくなる。軟弱な息子かもしれないが、アーネストなりに父を愛し、心配しているのだ。

「心配することはない。国軍の増兵をまず提案する。大勢の貴族から申し出があれば、陛下も拒まないだろう。反逆する者など、ただちに見つけ出して叩き潰《つぶ》してやるから、恐れることはない」

そこで公爵は、満足げに笑った。ランプの灯りに照らされたその顔は、ぞっとするほど不気味で、アーネストは父の中に悪霊が宿っているかのように感じてしまった。

「まさか……自国民相手に戦うおつもりですか？」

「当然だ。そうしなければ、王制を維持するのは難しい。何だったらアーネスト、おまえも軍に志願するか？　貴族の子弟だったら、上級士官になれる。絵筆を握るより、いっそ剣でも握ってみたらどうだ」

「そんな恐ろしいこと、考えられません。父上がそこまで自由民を憎むのは、やはり私のせいなのでしょうか？」

「そうだと言って欲しいか？　それとも、すべてが私のせいだと責めたいのか？」

憎々しげに言われては、アーネストもそこまでが限界だった。逃げるように父の部屋を飛び出すと、アーネストは溢《あふ》れ出す涙を何度も拭《ぬぐ》う。

母が生きていた頃は、まだ救いがあった。けれど今はこの邸のどこにも、アーネストの傷ついた心を癒《いや》してくれるものはない。

ふとアーネストは、自室に戻る前に温室が気になって、回廊で足を止めていた。

あそこに行けば、サイラスがいる。この邸の中で、唯一、笑いながら話せる相手だ。こんな夜の急な訪問は嫌がられるだろうか。だが、まだ眠るには早い時間だから、訪問は許される筈《はず》だ。

サイラスの声が聞きたい。そして笑顔が見たかった。

ふらふらと夜の庭に出て行ったアーネストの側に、気が付けば犬達が寄ってきていた。そういえば夜は、不審者を警戒して庭に犬を放っているのだ。

「おまえ達は、夜の仕事だね」

半月の明かりだけしかない夜なのに、目はすぐに暗さに慣れて、迷うことなく温室に辿《たど》り着いた。

温室の中は真っ暗だ。鳥達も今は真っ黒な影になってしまって、枝葉と区別するのも難しい。ほんのりと白っぽく見えるのは、白や黄色の花々だろう。

「サイラス、もう眠ったのか？」

中に入って声を掛けたが、返事はない。思い切って奥までいくと、夜間に温室を暖めるためのストーブが、ほんのりと熱を発しているのを感じた。

「火が入っているのに……」

火の管理もあるから、サイラスは温室で眠るようになった筈だ。ストーブの近くには木の台が置かれていて、毛布が畳まれたまま置かれていた。どうやらそれがサイラスのための簡易ベッドらしい。

「いないのか」

絶対にここにいると思ったのに、いないのは意外だった。勇気を出してここまで来たのに、裏切られたような気がしてがっかりしてしまう。

「そうか……いないのか」

では、どこに行ったのだろう。まさか洗濯女にでも誘われて、こっそり密会しているのだろうか。サイラスだったらそんなこともありそうで、アーネストの心はますます落ち込んでいった。

温室を出ると、犬達が走っていくのが見えた。まさかこんな時間に、誰かが邸内に入ってきたのかと、アーネストは緊張のあまり構える。

けれど犬達には、警戒している様子がない。日中の散歩のように、楽しそうにしているのを見て、やっとアーネストにも向こうから近づいてくるのが誰か分かった。

「若様？　こんな時間に、何をしているんです？」

金色の髪は、夜でもそこにいるのが誰か覚《さと》らせてしまう。サイラスには、すぐにアーネストだと分かっただろう。

「サイラスこそ、こんな時間に何をしている？」

つい口調は、詰問調できつくなってしまった。

「酒場でも近くにあるのなら、酒を飲みたいと思って探してました」

「この近くにそんなものはない」

「そのようですね」

そんなのは嘘だ。洗濯女に誘われて、納屋の裏手あたりで何かしていたのではないかと、思わず訊いてしまいそうでアーネストは唇を噛《か》む。

「ここでは使用人にまで酒は振る舞われないようなんで、今度、町に買い物にでも出たときに、大量に買い込んできます」

「公爵は、使用人が酒を飲むのを嫌う」

「そうなんですか？　だったら若様、今の話は内密に願います」

「いいだろう。だが、酔って仕事に支障をきたしたりしないように」

サイラスは楽しんできたのだろう。そう勝手に解釈したアーネストは、泣きたいような気持ちを抑えて歩き出す。

慰めはもうどこにもない。朝陽が上ったら、それでも少しは明るい気持ちになって、また画布に花を描くことは出来るだろうか。

「若様、どうかされたのですか？」

サイラスが追ってきたが、アーネストはサイラスを遠ざけたくて、邪険に答えてしまった。

「ほっといてくれ。眠れないんだ」

「眠れない？　それこそ酒の力を借りたらいかがです？」

「酒は好きじゃない」

「では、眠る前に温めたミルクを飲むといいですよ」

「そんな子供じゃない」

そう、子供じゃないのだ。だからつまらないことで嫉妬《しっと》する。

サイラスの相手は、どの洗濯女だろう。アーネストは彼女らの名前すら知らない。顔もぼんやりとしか覚えていなかった。

「若様、それじゃ、眠れるように足湯をなさるといいです」

「……そんな年寄りじゃない」

アーネストの文句に、サイラスは楽しげに笑い出した。

「子供でもないし、年寄りでもない。だけど若者らしく、酒を飲んで騒ぐのも嫌いだとなったら、それは確かに眠る方法を探すのも大変ですね」

「だからこうして、歩いている」

「でしたら、騙《だま》されたと思って、足湯を試してみてください。今、お部屋に湯を運びますから」

部屋にサイラスが来ると思うと、アーネストの気持ちは弾み出す。

「香草を入れた薬湯にすると、よく眠れます。すぐに支度をして伺います」

サイラスは温室に向かって走り出す。そんなことしなくていいと思ったが、結局アーネストはそのまま黙って自室に戻っていた。

温室側のカーテンを引くと、中に灯りが灯《とも》ったのがはっきりと分かった。

「そうか……こうして確認してから行けばよかったのか」

灯りがなければ、それはサイラスが誰かと楽しんでいるということになる。またそこに思いは帰ってしまい、アーネストは辛《つら》くなるばかりだった。

どうして普通の男達は、女を求めるのだろう。簡単に誘惑されるのはなぜなのか、アーネストには理解できない。

けれど普通の男達からしてみたら、サイラスのような男に惹《ひ》かれるアーネストの気持ちは、とても理解出来ないものなのだろう。

しばらくするとサイラスは大きなじょうろに湯を入れて、アーネストの部屋にやってきた。それを洗面用のボウルに入れ、さらに薬草を加える。薬草にはミントが混じっていたのか、とても爽《さわ》やかないい匂いがしてきた。

「ここに足を浸《つ》けてください。薬草の入ったクリームがあります。後で、塗りますから」

アーネストは靴と靴下を脱ぎ、奨《すす》められるまま足をボウルに浸ける。すると優しい温かさが、足元から全身に広がっていった。

「いい気持ちだ……」

「そうでしょう。年寄りだけの楽しみにしておくことはないですよ」

「サイラスもやるのか？」

「風呂《ふろ》に入れないときはやります」

「そんなに綺麗好きなのは……女達に気に入られるため？」

つい訊いてしまった。するとサイラスは、不思議そうな顔をしてアーネストを見つめる。

「えっ？　いや、俺は、酒は好きで飲みにも行きますが、女を買いに行ったりはしないですよ」

「手近に相手がいるからだろう」

自分で自分が嫌になる。こんな言い方は実に下品で、恥ずかしかった。

「いや、いたとしても女は面倒《めんどう》ですから……」

本当にそう思っているのだろうか。アーネストに気を使って、わざとそんな曖昧な答えを口にしたのかとまた悩んでしまう。

「あ、もしかして女のところに行っていたと思われたんですか」

いきなり言い当てられて、アーネストの顔は一気に赤くなった。

サイラスが女と楽しもうと勝手だ。仕事に支障をきたさなければ、使用人同士が何をしようと、口を挟む必要なんてない。そんなこと分かっているのに、アーネストはサイラスの前ではどんどん愚かになっていく。

「この邸で、そういうことはしませんよ」

口元を僅かに上げて、サイラスは不思議な笑みを浮かべる。

そしてサイラスは、ボウルの中に手を突っ込んで、アーネストの足を洗い始めた。

「どこでこんなことを覚えたんだ？」

大きな手が、アーネストの足を優しく包み込んでいる。こすってくれる力加減も絶妙で、アーネストはこれまで知らなかった心地よさを味わっていた。

「港には、色んな国の人間がいますが、これはその中の東洋の男に教えてもらったんです」

サイラスだったら、気楽に誰とでも親しくなれるのだろう。そんな気質は、心底羨《うらや》ましいと思えた。

「この国の生活は、あまり健康的じゃないですよ。だから若様も、眠れない病になんて取り憑《つ》かれるんです」

「そうだな……」

「朝の散歩はいいですよ。それと寝る前の入浴、それが無理なら、こうして足湯をするといいです。俺でよければ、毎晩、やって差し上げますよ」

そんな嬉しいことはないが、素直に懇願するのは躊躇《ためら》われた。

アーネストの足をボウルから引き上げると、サイラスは丁寧に乾いたタオルで拭ってくれる。そして爽快《そうかい》感のあるクリームを、丹念に塗り込めてくれた。

「温まっているうちに、ベッドに入ってください。よければ、着替えを手伝いますよ」

「い、いや、それはいい。後は、自分でやるから」

足に触れられているうちに、アーネストは興奮していた。着替えなど手伝わせたら、すぐにそれがばれてしまう。

「あ、ありがとう。もういい、戻って休んでくれ」

眠らなくてもこうして夢魔は訪れてきて、サイラスを苦しめる。サイラスがいなくなったら、アーネストは自分を落ち着かせるために、こっそりと恥ずかしい行為をしてしまいそうだった。

「眠れるといいですね」

サイラスはボウルの中身を窓から外に捨て、手早く片付けて出て行こうとする。その背中に向かってアーネストは、ついに本心を言ってしまった。

「本当はサイラスと話したかったんだ。それで温室に行った」

「……」

サイラスは振り向かない。心持ち、首を傾《かし》げただけだ。

「眠れないのはいつもだ。今夜はこれで、眠れそうだけど……君と話せたら落ち着けるかと思って、訪ねたんだ」

「大丈夫、眠れますよ。どうか、いい夢を」

それだけ言うと、サイラスは去っていく。アーネストは急いで着替えると、ベッドに飛び込んだ。

今の幸福な気持ちのまま、眠りに付きたい。そのために恥ずかしい行為が必要だとしても、神はきっと許してくれるだろう。

父によって傷つけられた心は、いつの間にか癒されていた。もしかしたら明日も、こんな幸福な夜になるのかもしれないと思ったら、アーネストはとても満ち足りた気持ちになっていた。

温室側のカーテンを、開いたままで眠っていた。そのせいで眩《まぶ》しい光りに照らされて、アーネストはいつもより早く目覚めてしまった。

けれど疲労感はなく、肉体は満ち足りている。すぐに起きだしてもよかったのだろうが、しばらくの間、ベッドの中でぼんやりすることにした。

枕《まくら》を抱き、そこに顔を埋《うず》める。まるでそこにサイラスの顔があるかのように、唇を強く押し当てていた。

昨夜は夢魔は訪れなかったのだろうか。なんだか幸せな夢ばかり見ていた気がする。もしかしたら眠る前に、こっそり自分を慰めたのがよかったのかもしれない。

医者や教師、それに聖職者は、自慰行為は忌むべきものだと主張している。さらに同性に対して欲望を抱《いだ》くことも、彼らは強く否定していた。

「いけないことばかりしているのに……どうしてだろう、心が軽い」

昨夜までの暗く沈んだ気持ちは薄らいでいた。それと同時に、アーネストは自分の性器が、朝の元気な状態になっていることに気が付いた。

若者ならよくあることだというが、アーネストにとっては珍しい。長い間、自身の歪んだ欲望を抑え込んできた結果なのだろうか。

「素晴らしく気分がいいのに、これが本当に悪いことなんだろうか」

よい変化をもたらしてくれたのは、まぎれもなくサイラスだろう。サイラスが来てから、アーネストの心は高揚していて、沈んでもまた軽く浮上する。

これを罪だと言うのなら、アーネストは罪人であることを受け入れたい気持ちだった。

気持ちのいいベッドから、やっと身を引き剝《は》がし、寝間着のまま窓の側に佇《たたず》んだ。すると温室から、庭師達がぞろぞろと出て行く様子が見えた。

もちろんその中にサイラスの姿もある。アーネストはカーテンの影に身を隠し、誰に遠慮することなく、じっくりとその姿を見つめ続けた。

庭師は揃《そろ》いの白シャツと革のベスト、それに分厚い上着とズボンが支給されている。お仕着せのそんな服でも、サイラスの美男ぶりは変わらなかった。

今日は庭師が全員で、どこか離れた場所での作業に向かうらしい。荷車に様々な道具類が積み込まれていて、さらに大きな麻袋が積まれていた。

ところが庭師の一人が、サイラスに懐きたくて走ってきた犬に驚いて、麻袋を落としてしまった。するとその中から、黄色い薔薇が顔を覗《のぞ》かせたので、アーネストは違和感を覚えた。

あの黄色い薔薇は、確か温度管理がとても難しいのではなかったのか。まだ朝晩は寒さの残るこの季節、戸外に直植えなどしたら枯れてしまうのではないだろうか。

それともアーネストが知らないだけで、本当は強い品種なのかもしれない。そう思ったが、やはり納得出来なかった。

息を潜めて、じっと見ていると、何か庭師達の様子がおかしい。落とした麻袋を慌てて拾い上げ、袋の口を紐でぐるぐる縛っている。いつもは花をとても大切にしている庭師頭のボルドがいるのに、あんなことをさせていいのだろうか。

ボルドはサイラスに、犬をどうにかしてくれと頼んでいる。するとサイラスは、口笛を吹いて犬達を納屋に向かって走らせていた。

よく訓練されている犬達だが、この邸に来たのは三カ月前だ。以前飼っていた犬達は、一度に皆死んでしまった。どうやら鼠を殺すための薬剤を混ぜた餌《えさ》を、口にしてしまったらしい。

そこで公爵は新たに犬を飼うことにした。まだ二歳だが、よく訓練されているというので、この六頭を買ってきたのだ。

一番大きな犬がロンという名で、犬達のリーダーだった。公爵は何度か狩りに犬達を連れ出したが、皆、よく働いていたという。

そんな犬達は、狩り番でもないのにサイラスによく懐いている。

「きっと骨の匂いだけじゃない。彼は……犬にも好かれるんだ」

犬達が去ると、荷車を牽《ひ》いて庭師達は移動を開始する。その様子を見送ったアーネストには、釈然としない思いだけが残った。

着替えをしていると、アーネストの従者であるノーランがやってきた。従者といっても、アーネスト相手ではたいした仕事もない。パーティに出掛けることもないし、狩りにも行かない。ましてや旅に出ることもなく、一日邸に籠もっているだけだ。

だから特別に能力の高い従者など必要ないので、アーネストは使用人の中でも、特に魯鈍《ろどん》なノーランを自分の従者にしていた。

そのおかげでいいこともある。ノーランは余計な好奇心を持たないから、アーネストが何をしていても公爵に告げ口するようなことはないのだ。生意気に意見を口にすることもないし、部屋から貴重な絵の具を盗んだりもしなかった。

朝食を運んできたノーランは、テーブルにトレーを置くと、早速カーテンを開きに取りかかる。

「公爵は出掛けたのか?」

自分で着替えをしながら、アーネストはそれとなく訊《たず》ねる。

「はい、朝、早いうちに、都に行かれました」

「そうだな、議会が始まるんだ」

議会が開かれている間、公爵は邸に戻ってこないことが多々あった。首都に住まいがある、娘の嫁ぎ先であるローリンガム伯爵邸に宿泊しているのだ。

義兄のローリンガム伯爵は、庭園や花には興味がない。けれど最新式のものには何でも興味があって、自慢しているのは水で流せるトイレと、給湯設備の整ったバスルームだった。

庭師達が移動した後の、荷車の轍《わだち》が芝生に残っている。午後にはもう綺麗に元通りになるだろう。

「そうか……議会か」

使用人達にとって、公爵がいない間は天国だ。アーネストは多少食事を手抜きされても文句は言わないし、廊下が汚れていても気にならない。

きっと使用人達は、いつもよりゆっくりと時間を掛けて、朝食を楽しんでいるのだろう。

「庭師達は、働き者だな」

公爵がいなくても、庭師達は早朝から働いている。それが不思議だ。

アーネストはテーブルに着き、たった一人での朝食を開始する。茹《ゆ》でた玉子とリンゴ、それに蜂蜜《はちみつ》とバターとパンだ。パンが焼きたてでなくても、アーネストは気にならない。リンゴが虫食いでも、別に構わなかった。

食事を終えると、そのまま画布に向かう。

今日の体調はいい。ずっと絵を描き続けていられるような気がする。

赤い薔薇は、昨夜より僅かに花びらが開いていた。開きかけた薔薇と犬というのはどうだろう。斑《はん》点《てん》のある美しい被毛を持つ犬達だ。いい題材に思えたが、果たしてデッサンの間だけでも、じっとしていてくれるかが疑問だ。

「サイラスに頼めばいいんだ」

そう思いつつ、大まかな構図を決めていった。

描き始めると夢中になってしまう。気が付けば陽はぐるりと回って、西側の窓ばかりが明るくなっていた。

「若様、夕食は部屋に運びますか？」

ノーランがやってきて、もう夕食の話をしている。ついさっき朝食を食べたばかりのような気がするが、空は茜色《あかねいろ》に染まり始めていて、じきに夕暮れが訪れるのだろう。

「今夜は、公爵様がいらっしゃらないから、みんな早く休みたいそうなんで」

愚かで正直者のノーランは、使用人達が言っていることを、そのまま伝えてきた。

「若様、今夜は、風呂の日ですが、湯に入りますかね？」

「いや、いいよ。公爵がいないときぐらい、みんなゆっくり休むといい。夕食は簡単なものでいいし、ノーランも早めに休むように」

アーネストの言葉に、ノーランは歯の欠けた口元を開いて笑った。

「そういえば庭師達が仕事からまだ戻ってないようだが。彼らも早めに休むように、戻ったら伝えてくれ」

「はい……分かりました。庭師達ですね。ああ、若様、もしかしたら庭師達は、町の酒場に行ったのかもしれません」

「そうか、だったらそのことは公爵には言わないほうがいいな」

「あ、はい。言いません」

愚かなノーランでも、アーネストにだけは正直でいてもいいが、公爵には嘘で誤魔化す必要があると分かっていた。

夕食は豆と鳥肉のスープと、塩漬け肉をパンに挟んだものだけだった。少し寂しい感じがしたが、アーネストの優しさに感謝したのか、この季節に珍しい苺《いちご》が添えてある。恐らく温室で栽培しているもので、特別な貴重品だろう。

温室の主《あるじ》となったサイラスはいない。無人の温室で、苺はひっそりと赤らんでいたのだろうか。

「そうか……酒場に行ったのか」

公爵が帰らないと知って、早速町に繰りだしたのだろう。けれどそれだと、あの黄色い薔薇の行方が気になる。公爵は誰かに、あの薔薇を譲ったのだろうか。

そこまで考えたら、朝に見た庭師達の狼狽《うろた》えた様子を思い出し、不信感が湧いてきた。

「酒場……酒代。まさか……」

ボルドがあの薔薇の苗を、誰かにこっそりと売ったのだとしたらどうだろう。今ならあの苗木は、小さなルビー一粒くらいの価値はある。それだけの金があれば、庭師達全員で、朝まで飲み明かしても十分に支払える筈だ。

「盗んだのか……」

公爵は使用人を信用しない。いつも何か盗まれるのではないかとピリピリしているが、そんな心配をする気持ちも、これなら分かるような気がした。

ここはオルドマン公爵家の跡取りらしく、毅然《きぜん》として彼らを罰するべきだろうか。それともあえて気付かないふりをして、寛大にボルド達の罪を見逃すべきなのか。

朝はとてもいい気分だったのに、夜になる前にまた気持ちは沈んでしまった。

公爵に報告したら、裁かれるのはボルドだけではない。サイラスもこの邸を追い出される。

それは何があっても嫌だった。

夕暮れとなってカーテンは閉ざしたが、温室に向かうところだけは少し開けておいた。そうすれば中で灯りが灯ったら、すぐに気が付く。

いきなりボルドを責めるのではなく、それとなくサイラスから聞き出せばいい。サイラスだったら、あるいはすべてを話してくれるかもしれなかった。

聞いたうえで、どう判断を下すかが問題だ。

やはり町で飲んでいるのだろうか。いつまで待っても灯りは見えない。アーネストは気が付いたら、安楽椅子に座ってうとうとしていた。

すると夢の中に、あの男が現れた。大きな黒い影にしか見えないが、アーネストにはそれがあの男だと分かってしまうのだ。

『悪い子だ、アーネスト。お仕置きが必要なようだね』

つるっと頬を撫でられた気がして、アーネストは飛び起きる。

「あ、ああ、夢か……」

心臓がどきどきしていた。何とか自分を落ち着かせようと窓辺に寄ったアーネストは、温室に小さな灯りが揺れているのを発見した。

「戻ってきたんだ」

朝まで温室をそのままにしておくわけにはいかない。たった一晩でも温度が下がったら、それだけで枯れてしまう花もあるのだ。

どうやらサイラスは、自分の役目を思い出したらしい。

アーネストは部屋を出て、燭台《しょくだい》を手に温室に向かう。そういえば昨夜も、こうして温室に向かったんだと思い出す。

犬達が近づいてきたが、温室の中までは追って来なかった。貴重な花の苗がある温室には、さすがに犬達を入れるわけにはいかない。そういった躾《しつ》けは徹底している。

すでにストーブに薪《まき》がくべられたのか、温室内は温かくなっていた。蠟燭《ろうそく》の光りに驚いた鳥達が、ギャーッと魔物の雄叫びのような鳴き声を響かせる。ゆらゆらと揺れる木々の影は、まさに闇《やみ》に潜む魔物のように見えた。

「サイラス……」

ストーブの側が、サイラスの寝床だ。もう眠ってしまったのかと思ったら違っていた。

蠟燭を吹き消したほうがいいだろうか。いや、そんなことをしても、サイラスが灯しているランプの灯りが、すべてをアーネストに見せてしまう。

サイラスは全裸になって、金属製のバスタブの中に、まさに体を沈めようとしているところだった。

見てはいけないと思うのに、どうしても視線が引き寄せられてしまう。サイラスの体は逞しく、頭から足先まで、完璧と思える男の美に溢れていたからだ。

「若様……ああ、すいません。ノーランに今夜は若様も入浴の日だと聞いていたもので、足湯は必要ないかなと思ってしまいました」

アーネストの前で入浴するのは失礼だとでも思ったのだろうか。サイラスはわざわざバスタブから出て、裸体をすべてアーネストの前に晒《さら》していた。そうなるとアーネストが視線を外すしかない。

「いや……公爵がいないので、使用人はみんな早くに休ませた。あ、私のことはいいから、どうか、湯に入ってくれ」

義兄のローリンガム伯爵も、わざわざ浴室を作らせるほど入浴が好きだ。世の中には、こうした綺麗好きな男は多いのだろうか。

アーネストは視線を逸《そ》らしたままにしているが、これからどうしたらいいのか分からなくて困っていた。サイラスの入浴が終わるまで、ストーブの側で暖を取っているというのはどうだろう。

それとも入浴中でも構わずに、ボルドのしたことについて追及すべきだろうか。

「若様、よければ入りませんか。まだ、湯は綺麗ですよ。俺が足を浸けただけです」

「何を言ってるんだ。私は、そこまで入浴したがっているように見えるのか？」

「側に寄って見てくださいよ。ただの湯じゃない。薬草が入っていて、特別製なんです」

「薬草？」

そんなものに興味はないのに、サイラスに近づくいい口実だとばかりに近づいていった。

さすがにあまりにも見苦しいと思ったのか、サイラスは腰にだけタオルを当てている。そんな姿は、はるか古のローマ時代の戦士のようだ。

「見てください。以前に怪我《けが》をしたんですが、この薬草の湯に入ると、治りが早いんです」

サイラスは右足を示す。確かに惨《むご》い傷跡があった。

「いったいどこでそんな怪我をしたんだ？」

「荷車にぶつかったんです」

「まだ痛むのか？」

思わず手が伸びて、傷を負った足に触れてしまった。慌ててアーネストは手を引っ込めたが、そんな様子をサイラスは微笑みながら見つめている。

「いいえ、痛みはもうないです。薬湯は本当によく効くんで」

「では、早々に入りたまえ」

「若様、お先にどうぞ。足湯だけでも気持ちがよかったでしょう？　これだと全身であの爽快感が味わえるんです。入ればぐっすりと眠れますから」

「わ、私のことはいい。ほっといてくれ」

アーネストがあくまでも拒否すると、サイラスは不思議な表情を浮かべた。それまで笑っていたのに、急に口元を引き結び、一瞬だが怒ったような顔になったのだ。けれどそれもすぐに消え、いつもの優しい笑顔が戻っていた。

「それじゃ……遠慮なく。すぐに上がりますから」

「そうだ。遠慮なんてするな。好きなだけ入っていていい。私は……ただ、薔薇の苗の行方について聞きたかっただけだ」

サイラスはバスタブに入り、薬草が入っているのか、いい香りのする布袋で体をこすりはじめた。その動きがアーネストの言葉で途切れることはない。狼狽えた様子は、どこにもなかった。

「サイラス、君はまだ公爵家に来たばかりだ。だから、頭のボルドに従うしかなかっただろう。責めるつもりはない。ただ、本当のことを知りたいだけだ」

「困ったな。そう言われても、今日は薔薇の植え替えなんてしてませんよ」

あくまでもサイラスは惚《とぼ》けるつもりらしい。それとも、本当に何も知らないのだろうか。

「今日は、どこで何をしていた？」

アーネストはストーブの側に置かれた、壊れた安楽椅子に座りさらに訊ねた。サイラスは首筋をこすりながら、考え込んでいる。

「農家の畑に行って、牛糞《ふん》と鶏糞《けい》を混ぜた土を、大量に作ったんです。その後でボルドさんが、町の酒場に連れていってくれました。俺は、温室で火を熾《おこ》さないといけないから、すぐに帰らないといけなかったけど、ラム酒を一瓶貰《もら》ってきましたよ」

「その合間に、誰かに薔薇の苗を売ったりしなかったか？」

「本当に知らないんです。一日、土いじりで汚れて臭くなったから、早く風呂に入りたくて、そればかり考えてました」

嘘を吐《つ》いているのだろうか。表情の揺れを観察しようとしても、アーネストのいる位置からは、サイラスの背中しか見えなかった。

「何の根拠もなく、いい加減なことを言っているんじゃないんだ」

そこでアーネストは、意を決して椅子から立ち上がると、バスタブの側に近づいた。サイラスはそんなアーネストをじっと見上げてくる。その手からアーネストは布袋を奪い、慣れない仕草でサイラスの背中をこすり始めた。

「若様が、そんなことなさったら駄目ですよ」

「自分じゃ背中は洗えない。ここには柄の長いブラシもないようだし」

「そんなにしてもらっても、俺が話せることは何もありません」

「だけど私は、荷車から落ちた麻袋の中に、黄色い薔薇の苗があったのを見たんだ」

簡単にすべてを話しすぎただろうか。けれど見たことを教えなければ、サイラスだって自分が試されているのじゃないかと思うだろう。

サイラスはじっとして、されるままになっている。それをいいことに、アーネストはうっとりしながら、逞しい肩から背中に向かって布袋でこすっていく。

本当は直に触れたい。けれどそんなことをしたら、サイラスに気持ち悪がられるに決まっていた。

「もしボルドが、公爵自慢の黄色い薔薇を誰かに売って、その金で君達が酒を飲んだとしたら、私はどう対処すべきだろうか？」

「そんなことを、どうして俺に聞くんです？　若様は次期領主でしょう。だったら、好きになさる権利がありますよ」

「公爵が使用人に酒を禁じたりしなければと思うと……一方的にボルドを責められない。領主によっては、使用人に分け隔て無く、酒や食事を与える者もいるというのに、公爵は吝嗇家《りんしょくか》だ」

そこでアーネストはほっとため息を吐き、サイラスに弱々しく微笑んでみせた。

「言ってしまったら、ほっとした。実は夕方からこの問題が私の中でわだかまっていて、心が晴れなかったんだ」

「俺に話したら、楽になりましたか？」

「ああ、聞いてくれただけで嬉しい。私は臆病者だから、ボルドには直接言えない。まだここに来たばかりのサイラスに、いきなりこんな話をしてしまってすまなかった」

どうしてなのだろうか、サイラスになら何でも話せる。同じ話を、公爵にもボルドにも、アーネストはきっと話せないだろう。

「若様が調べろと言うなら、ボルドさんが苗を横流ししていないか、俺が調べても構いませんよ」

「いや、私のためにそんなことをしていると知られたら、サイラスが庭師達に疎《ねぎら》まれる。もういいんだ。ボルド達は、公爵の無理な要求にも応えてよくやってくれている。むしろ労いが足りないくらいだから、多少いい思いをしたからといって責められない」

布袋を返そうとしたら、その手をサイラスがぎゅっと握ってくる。まさか布袋と手を間違える筈はないだろう。これまで男に手を握られたことなどなかったので、アーネストは狼狽えてしまい、慌てて手を引き抜こうとしたが、サイラスの力は強かった。

「若様はいい人ですね。貴族は、使用人のことなんて人間だと思ってないのが普通なのに」

「そ、そんなことはない……それに、そんな貴族ばかりじゃないから」

布袋を通してだけど、サイラスの体に触れることが出来た。それで満足していたのに、こんなことをされたらまた余計な感情の高ぶりに支配されてしまう。

「こんなにいい人の下で働けて、俺は嬉しいです。若様、何か、俺にも出来ることがあったら言ってください」

サイラスはアーネストの手を握ったまま、バスタブの中で立ち上がった。するとアーネストの目に、サイラスの股間《こかん》のものがはっきりと飛び込んできた。

それが興奮している状態なのか、平常なのかなんて判断する余裕はなかった。見てはいけないものを見てしまったことの気恥ずかしさで、アーネストは思い切りサイラスの手を振りほどき、慌ててその場から逃げ出した。

「若様！　待ってください、若様」

「駄目だ、私はもうここに来てはいけない。駄目なんだ」

勢いのまま燭台を置いて出てきてしまったので、真っ暗な中を出口を求めてよたよたと進む。

ギャーギャーと鳥達が興奮して鳴いていた。木々がまるで意思を持っているかのように、ざわざわ枝葉を揺らしている。進むべき方向がどちらなのか、よく知った温室内の筈なのに、取り乱したアーネストはすっかり出口を見失っていた。

「そっちに行ったら危ない。薔薇の木が！」

サイラスの声が聞こえた。そこで慌ててアーネストは立ち止まったが、足下がふらついて倒れてしまった。

「いっ、痛いっ！」

薔薇の棘が、手の皮膚を切り裂いた。アーネストは思わず悲痛な声を上げる。

「じっとしていてください。動いたら危ない。今、灯りを向けますから」

ランプの灯りが、ほんのりと周囲を照らしていた。どうやら薔薇の苗木ばかりが植えられたところで転んだらしい。

無様な姿を見られてしまった。恥ずかしさに俯《うつむ》くアーネストの腕を、サイラスがそっと引き上げてくれる。

「俺が、驚かせてしまいましたか？」

起こされたアーネストは、サイラスがまだ上半身裸のままなのに気が付く。その体からは、薬草のいい匂いがしていた。

サイラスはレディにするように、恭しくアーネストの手を取り、そして口元に持っていった。

血で汚れた手を、サイラスは獣のように舐《な》めてくれている。

「やめてくれ。そんなこと、しなくていい」

「俺のせいで若様が傷つくなんて、自分を許せないです」

「いいんだ。もう、いいから」

吸われているのは手の甲なのに、全身の皮膚をサイラスの唇で犯されているような気がした。アーネストは目を閉じ、これ以上、魅力的なサイラスの姿を見ないで済むようにし向ける。けれどかえってそのせいで、手に押しつけられる唇と舌の感触を、より強く意識してしまった。

「お願いだ……サイラス。手を……離して」

足の力が抜けていく。このままでは立っているのがやっとだ。目眩《めまい》がしそうなほど、アーネストは興奮している。

この行為がどれだけ罪深いか、サイラスは考えもしないのだろうか。やめてくれと懇願しても、執《しつ》拗《よう》にサイラスはアーネストの手を吸っていた。

唇は微妙に手の甲の上を移動し、気が付けば軽く指を噛まれていた。指が甘く噛まれ、吸われている。それが指ではなく性器だったらと考えた途端に、アーネストは興奮を抑えようがなくなってしまった。

「駄目だ……そんなこと、したらいけない」

いつの間にかアーネストの体はサイラスに抱き寄せられ、しっかり密着し、サイラスの熱が伝わってきている。

「もっと、触れたい。駄目ですか？」

指から唇を離し、サイラスは顔を近づけてくる。そしてアーネストの耳元で、妖《あや》しく囁《ささや》いた。

「だ、駄目だ。どうしてこんなことをする」

「触れたい……分かるでしょう？　若様だって、同じ気持ちの筈だ」

ついにサイラスの唇が、アーネストの頰に押し当てられた。

「あっ……」

許されない行為だ。強く抗《あらが》わなければいけないのに、アーネストはそうできなかった。

アーネストがいけないのだ。わざわざサイラスの背中を布袋でこすったりしたが、あれは誘ったと取られてもしょうがない行為だったのだろう。

「お、男同士で、こんなことをしたらいけない」

「なぜ？　誰がそんなこと決めたんです？」

「それは……」

アーネスト、さぁ、おしおきだと影の男が現れそうだった。

震えながらアーネストは、暗闇の奥に目を向ける。あれからもう十二年が過ぎているのに、未《いま》だにあの男の恐怖の支配から、アーネストは自由になれずにいる。

「神だ……神が、許さない」

「だったら俺は、悪魔に魂を売ろうかな。若様、あんたを手に入れるのに必要なら、俺は、悪魔とだって契約しますよ」

「そんな恐ろしいことを口にしたらいけない。悪魔が……聞いているかもしれないだろ」

アーネストは心底怯《おび》えているのに、サイラスは心底おかしそうに笑っている。散々笑った後で、サイラスはアーネストをより強く抱き寄せ、ついに唇を奪った。

サイラスの唇からは、微《かす》かにミントの香りがする。アーネストは息も出来ずにいたが、やっと自分を取り戻したとき、真っ先に感じたのがその香りだった。

これからどうなるのだろう。

どうするつもりなのだろう。

途惑うアーネストの体を、そこでサイラスは引き離した。

「出口は、こっちですよ」

下に置いたランプを拾い上げると、サイラスはそこでアーネストの手を引き、温室の出入り口を目指して歩き始めていた。

まさかこのままアーネストを追い出すつもりなのだろうか。では、先ほどまでの情熱的な態度は、いったい何だったのだろう。

思ったよりも出入り口は近かった。外に出ると、中と違った夜の寒さが強く感じられた。

「お邸までは送りませんよ。何しろ、この格好だからね」

サイラスはぞんざいな口調でそう言うと、アーネストに帰るようにとそれとなく促す。

「いい夢を……若様」

それだけ言うと、サイラスは温室の中に戻っていってしまった。

ランプの光りが、サイラスのいる場所を示している。それはどんどん奥深くに入っていって、ついには先ほどのバスタブのある場所へと戻っていった。

キスまでしたのに、いきなり邪険にするというのはどういう意味なのだろう。それともアーネストは、いいようにからかわれただけなのだろうか。

からかって後で笑いものにする、サイラスはそんな残酷なことをする人間には思えなかったけれど、違っていたのかも知れない。

そこまで考えて、アーネストはふと思った。いったいサイラスの何を知っているというのだ。新たに雇われた庭師という以外、何も知らないではないか。

もしかしたら悪魔が、アーネストを誘惑するために人の姿をして現れたのかもしれない。そんなことまで思わせてしまうほど、今夜のサイラスは危険で謎《なぞ》だらけだった。

すっかり混乱してしまったアーネストは、ランプの光りがもう動かないのを確認すると、ふらふらと邸に向かう。

幸いなことに、夜半になって姿を現した月が、アーネストの足下を優しく照らしてくれ、無様に倒れるようなことはもうなかった。

悪魔は巧妙で、時折人の姿をして現れるのだ。きっとサイラスもそうなのだろう。そうとでも思わなければ、サイラスの不可解な行動の意味が分からない。

「私が恐れなかったら……もっと違った展開になっていたんだろうか」

悪魔の化身だとしても、アーネストはサイラスに惹かれてしまう。

だが、そういった感情は罪だと、ずっと教えられてきた。あれだけ教えられても、アーネストはまた同じような罪を犯そうとしているのだ。

「悪いのは私だ。サイラスを誘った。誘ってしまった。私がサイラスに触れたかったんだ」

ベッドに横たわり、アーネストは悶々《もんもん》と悩み続ける。そうしているうちに、この感情がどれだけ罪深いかを教えたあの男と、初めて出会った場面を思い出していた。

「ガルパス・ドネルだ。神学と歴史が特に詳しい。おまえに相応《ふさわ》しい家庭教師だろう」

そう言って公爵は、黒髪で長身の男をアーネストに紹介した。

アーネストはまだ十歳で、透き通るような白い肌にソバカスが散り、頬はいつも赤らんでいるような、元気な少年だった。

「初めまして、ドネル卿《きょう》。アーネスト・オルドマンです」

初対面の人にも臆さず、アーネストは元気に挨拶した。ところがドネルは顔をしかめ、自分の黒くて長い上着を示して言った。

「失礼ながら若様、私は卿と呼ばれるような身分の者ではありません。神学、法学、歴史学を極めんとしているしがない学者でございます」

「し、失礼しました。それでは、何とお呼びすればいいでしょう？」

以前、アーネストの家庭教師をしてくれていたのは男爵家の三男で、法律を学んでいた若者だった。目出度《めでた》く法律家としての未来が開け、アーネストの家庭教師の職を辞したのだが、彼は三男とはいえ貴族の身分だったので、自然と卿と呼んでいたのだ。

「先生と呼ぶがいい。平民、いや、自由民の間では先生と呼ぶのが普通だ」

公爵に言われたので、アーネストはにこやかに口にしてみた。

「ドネル先生……そうお呼びすればよろしいですか？」

するとドネルは鷹揚に頷《うなず》き、微かに口元を吊《つ》り上げて笑ってみせた。

けれどドネルが笑いらしきものを見せてくれたのは、それが最初で最後だった。

以前の家庭教師とは、友達のように仲が良かったから、ドネルとも仲良くしたいとアーネストは思ったが、そうはいかなかった。ドネルは厳格で、厳しい教師だったのだ。

公爵がドネルをアーネストの家庭教師として選んだのは、学者として優秀だという評判を鵜呑《うの》みにしたからだった。まだ子供のアーネストにとっては、家庭教師がどんな性格をしていようが関係ないというのが公爵の考えだ。公爵はアーネストが日々どんなふうに学んでいるかなんて、まるで興味がなかったのだ。

「この時間、農民は何をしていると思うかね、アーネスト」

こんなふうな一言で、授業は始まる。

「畑で、農作業をしていると思います」

アーネストは十歳にしてはかなり利口なほうだ。答えもはきはきと口にするし、間違うことを恐れもしなかった。学ぶことも好きで、以前はよく家庭教師に質問などしていたものだ。

「そうだな。農作業をしている。その結果、何が出来るのだろう？」

「麦が実ります」

「その麦を刈ったら、その後はどうする？」

「市場で売ります」

おかしなことを聞くなと思った。そんなことをアーネストに言わせて、どうするつもりだろうと思ったら、ドネルは声を低めて恐ろしげに呟いた。

「そうだな。だが、売って得た金のほとんどは、領主である君の父上、公爵に支払われるんだ」

「……それは……土地を貸しているから」

「ああ、そうだな。だが、貸しているだけで何もしない公爵は、どうして農民達よりも多くの金額を手にするのだろう？」

十歳のアーネストには、とても難しい質問に思える。けれどこんな質問に対する答えは、とうに公爵によって教えられていた。

「それは、戦争になったら、父が……公爵が、農民達を守るために戦うからです」

「ほう、よく知っているな。さすがは次期領主だ。搾取するための言い訳は、こんな小さな頃からしっかり頭に叩き込まれているらしい」

賢いアーネストにも、分からないことはたくさんあった。搾取という言葉もその一つで、自分の答えが言い訳だと言われることに繋がっているのだろうが、どうしてなのかが分からない。

「アーネスト、では、いつ戦いが起こるのだ？」

「それは……」

「相手は誰だ」

「きっと、隣の国です」

ドネルは怒っている。自分の答えが気に入らなくて、怒っているのだろうかとアーネストは不安になってきた。そこで思わずドネルの顔を、窺《うかが》うようにして見てしまった。するとドネルは、冷たい目でアーネストを見返してくる。気が付くと、アーネストの足は細かく震えていた。

「もう何年も、戦争など起こっていない。なのに貴族達は、自分達の城に溢れるほどの食料を確保し、それでもまだ足りずに税を要求する」

「……ぼ、僕らは、麦を貰ってはいけないのですか？」

「よく考えろ、アーネスト。君は朝から何をしている。搾取するための言い訳を学んでいるだけだ。その間に農民は汗を流して、畑を耕しているんだぞ」

何だかよく分からない。どうにか理解出来るのは、畑を耕していないアーネストには、麦を貰う権利はないというものだった。

これまでそんなことを教えてくれる人は、一人もいなかった。アーネストが学ぶべきは、よき領主となって、国王と民のために戦える男になることだった筈だ。

「罪深きアーネスト……」

そこでドネルは、何を思ったのかアーネストを抱き締めてくる。

まだ体の小さなアーネストだ。ドネルの黒くて長い上着は、すっぽりとアーネストを包み込んでしまい、一瞬でアーネストの目にする世界を暗黒に変えてしまった。

「君は庭で咲き誇る薔薇と同じだ。ただ目を楽しませるだけで、他に何の価値もない」

子供心にも、ドネルのその言葉は相当な衝撃だった。

自分には価値がないと言われても、アーネストには反論することが出来ない。麦を作らずに、ただ奪っているだけだと言われては、どう言い返しようもなかったのだ。

アーネストがもう少し歳がいっていて、小狡《こずる》い少年だったら、とうにドネルは公爵家を追い出されていただろう。だがアーネストはまだ純真な子供で、公爵にドネルの非礼を告げ口することなど思いもしなかった。

家庭教師というものは、何でも知っている偉大な存在だ。彼らの言うことはすべて正しく、教えられたことは素直に受け入れるべきだった。だからアーネストは、ドネルに何と言われようと従ったのだ。

「愚かなアーネスト……。その手は、麦を刈ることもない」

授業の合間に、そう言ってドネルはアーネストの手を握る。しかも痛むぐらい強く握ってくるのだ。

ドネルはアーネストを嫌っているのだろうか。人から嫌われた経験のないアーネストは、ドネルにも気に入られたくて自然と媚《こ》びるようになっていく。

そんなとき、以前、家庭教師をしてくれた男爵家の三男が公爵家を訪れ、アーネストは久しぶりに優しい彼と話をすることが出来た。

アーネストの元気がないと、彼はとても心配してくれた。そこでドネルのことを相談してしまえばよかったのに、またもやアーネストは、嫌なことを口に出来なかったのだ。

翌日、ついにドネルは最初の折檻《せっかん》を開始した。

「アーネスト、君は以前の家庭教師に恋しているのかね？」

またもや謎の言葉だ。恋なんて幼いアーネストにとっては未知なものであり、学ぶ必要もないものだろう。だからこんなふうにいきなり言われても、アーネストには答えようがない。

「優しくて、いかにも貴族の若者らしい、いい身なりをしている。愚か者のアーネスト、君はああいう男が好きなのか？」

「好きです」

優しい元家庭教師を、アーネストは兄のように慕っていた。だから好きだと正直に答えたのだ。するとドネルは、眉《まゆ》を吊り上げて恐ろしい形相になった。

「好きなのか？　相手は男だぞ、アーネスト」

「……はい……」

ドネルがどういう意味で好きか聞いているかなんて、十歳のアーネストに分かる筈がない。

「男を好きになって、色情《しきじょう》に耽《ふけ》るようなことを神はお許しにならない。アーネスト、罪を悔い改めなければいけないようだ」

「えっ？」

あの優しい元家庭教師を好きだと言ったことは、そんなに罪深いことだっただろうか。

「ここに……体を付けて」

勉強用のテーブルに、アーネストは上半身をしっかりと押しつけられてしまった。そしてドネルは、アーネストのズボンを下着ごと膝まで引きずり下ろし、現れた尻《しり》を撫で回して言ったのだ。

「いいか、男を情欲の対象にしてはいけない」

「は、はい」

情欲とは何だろう。まだそんな言葉の意味を知らないアーネストだったが、ドネルに尻を撫で回されているうちに、おかしな感じがしてきてしまった。

恐ろしいのに気持ちがいい。やめて欲しいのに、もっと続けて欲しい気もしてしまう。

どうしたらいいのか分からないうちに、ぴしゃっと音を立てて、思い切り尻が叩かれていた。

「あっ！」

「アーネスト……悪い子になってはいけない。男を誘惑するような悪い子に……」

ドネルはそう言うと、今叩いたばかりの尻を、再び優しく撫で回す。

「はい、先生。悪い子にはなりません」

大好きだった元家庭教師のことを、好きだと言ってはいけないのだとこれでよく分かった。家族以外の誰かを好きになってはいけないのかもしれない。そんな気持ちを持ったら、こうして罰せられる。

だが、この罰にはどこか甘さがあって、アーネストの体は怯えつつもどこか楽しんでいた。


それからの二年間、ドネルは何かと口実を見つけては、アーネストを罰した。

しかし男に対して情欲を持ってはいけないというのも、アーネストを罰したいだけの口実だったのではないかと、今となっては思えてくる。

最後の頃には、アーネストも少し成長していて、お仕置きをされているうちに性器を堅くしてしまうようになっていた。

それがまたドネルにとっては、余計にアーネストを叱る口実に繋がる。そうして叩かれているところを、ついに公爵が目撃してドネルは公爵家を追い出された。

公爵は自分が連れてきたドネルが、アーネストをすっかり変えてしまったことで懲りたのだろう。それ以来、家庭教師はよぼよぼの老人ばかりになった。

公爵の重度の自由民嫌いは、ここから始まったのだ。アーネストは公爵が口汚く自由民を罵《ののし》るのを聞く度に、自分がドネルの好きにさせてしまったことを、今更ながら後悔した。

もう少し早く、嫌ですと言う勇気を持つべきだったのだ。なのに出来なかった。後悔の念からか、ついにアーネストは学ぶことにも楽しみを見つけられなくなり、気が付いたら熱心にやっているのは絵を描くことだけになっていた。

「アーネスト、おまえは薔薇程度の価値しかない」

そう呟いた途端に、アーネストの頬を涙が伝う。

「だけどこの薔薇は、男達には愛されない……」

あれだけドネルに叱られたのに、どうしてアーネストは男に恋するようになってしまったのだろう。こうなることが、ドネルには最初から分かっていたのだろうか。だからこその、度重なる折檻だったのか。

それともあの折檻のときの囁きが、逆に男に興味を抱くような性質を、植え付けてしまったのだろうか。

今思えば、元家庭教師に寄せていた想《おも》いも、淡い恋慕《れんぼ》だったような気がする。

そしてあれだけ恐れたドネルのことも、あるいは恋慕《した》っていたのではないかと、アーネストは思ってしまうのだ。

「罪深い……アーネスト。ああ、誰か、私を罰してくれ」

いけないことだと知りつつ、今またサイラスに恋していた。

だがあの美しい若者が、いったい何を考えているのかが、アーネストにはまるで分からない。謎めいているのは、ドネルにも似ていた。

あんなに強引に唇を重ねておきながら、サイラスはあっさりと諦めてアーネストを温室から追い出した。やはり自分の立場を考えて、これ以上のことをしてはまずいと判断したのだろうか。

だとしたらサイラスは正しい。

公爵家の嫡男ともあろうものが、庭師風情に恋などしてはいけないのだ。

いずれアーネストは、ハンナ王女を娶《めと》って名実共に公爵となる。たとえままごとの夫婦でも、アーネストはこの国の王女の王配となるのだ。

もう二度と温室を訪れてはいけない。自分の気持ちを完全に閉じこめる方法を、アーネストは探さなくてはならなかった。

日中、カーテンを開かなければ、いつまでも自分だけの世界に閉じこもっていられる。けれど光りがなければ、絵を描くことは出来ない。一日、全く絵筆を持たずに過ごすことは、アーネストにとっては死んだも同然だった。

今もカーテンはすべて開かれている。外には陽光が溢れていたが、アーネストは今朝は散歩に出ず、朝食の後すぐに画布に向かった。

しかし部屋の向きが悪い。見たくなくても温室に向いた窓からは、人の出入りがはっきりと見えてしまう。あれだけ見ないようにと思っていても、アーネストの目はいつもと変わりない様子で出てきた、サイラスの姿を見つけてしまった。

犬達が走り寄ってくると、サイラスは少年のような笑顔になって、一頭ずつその頭を撫でてやっていた。そして何を思ったのか、ふと顔を上げてこちらを見る。まるでアーネストが見ているのに、気が付いたとでもいうように。

アーネストはすぐに視線を外して、ひたすら花瓶に活けられた薔薇だけを見つめた。

そうしているうちに、サイラスはどこかに姿を消してしまう。庭師としての仕事が始まったのだろう。今日はどこで何をするのか、気にはなったがアーネストには調べようもない。

絵を描いていても、心は全く上の空で楽しめなかった。何度も同じ色で塗り直し、無駄に薔薇の花びらを厚ぼったくしている。

「これはこれで、新しい画風だな」

自分に向けて皮肉を言いながら、アーネストは大きくため息を吐いた。するとそれと呼応するかのように、いきなり部屋のドアが開いて、思ってもいなかった人物が訪れた。

「相変わらずだな、我が義弟は。こんなにいい天気なのに、部屋に籠もってまた絵を描いている」

「ローリンガム伯爵、いらっしゃるとは知らず、出迎えもせずに失礼いたしました」

アーネストは立ち上がり、慌てて乱れた着衣を直した。

義兄の伯爵は、茶色い髪をした大柄な美丈夫だ。先の伯爵は、あろうことか夫人の侍女に手を出し、ローリンガム伯爵を生ませた。庶子であっても世継ぎになれたのは、他に男子が一人も生まれなかったからだ。

そんな出自が影響しているのだろうか。伯爵にはどこか、貴族を嫌っているようなところが感じられた。

「公爵は、そちらの邸に行ったと聞きましたが」

「ああ、私の邸に宿泊されているが、議会が終わってもなかなかお戻りにならない。いろいろと議員仲間と話すことがあるのだろう」

「そのようですね。邸にいても、いつも誰かと会議のようなことばかりしています」

つい愚痴のように言ってしまったが、アーネストとしては、出来ることなら公爵には過激な行動は慎んで欲しかったのだ。

「今は、いろいろとあるから」

そこで伯爵は言葉を切り、じっとアーネストを見つめてきた。

「今日は、どのような御用向きでしょう。公爵が留守の間は、私が当主の役目も負わないといけないのに、いらしたことも気付かぬ為体《ていたらく》です」

「うむ、我が弟は、薔薇の国の王だからしょうがない。花を描いている間は、この世界の人間ではなくなるんだから」

明るく言われても、アーネストは恐縮するしかなかった。

これが義兄だったから、非礼も許されているが、他の貴族だったらそうはいかない。公爵にかなり叱責《しっせき》された筈だ。

公爵が留守の間は、当主らしく邸全体を見ていなければいけなかったのだろう。だが今のアーネストは、サイラスのせいでそれどころではなかった。

「用向きは……ハンナ王女のことだ」

伯爵は顔を近づけ、描きかけの絵をじっくりと鑑賞しながら言った。

「ハンナ王女？」

「ああ、王女はこの邸と、アーネストがとても気に入ったらしい。お戻りになられてからも、ずっとアーネストのことを話しているそうだ」

果たして本当にそうだろうか。アーネストには、ハンナがそんなに話をするようには思えなかった。それはきっとハンナではなく、彼女を取り巻く大人の意見だろう。

伯爵の体が遠のく一瞬、アーネストは不思議な感覚に囚《とら》われる。部屋は花の香りでいつも満たされているから、そのままでは気付かなかった。嗅《か》いだことのある香りが、アーネストの側から離れていく伯爵の体から、ふわりと立ち上ったのだ。

何の匂いかはすぐに思い出せた。あれはサイラスが使っていた、薬湯の元の香草と同じ香りだ。伯爵は入浴好きだから、どこかで効能を聞いて手に入れたのだろうか。

この香りを嗅ぐと、昨夜の恥ずかしい場面が蘇《よみがえ》ってきてしまう。そのせいでアーネストが押し黙ったのを、伯爵は別の意味に勘違いしたらしい。慰めの言葉を口にしてきた。

「いくら王女でも、あまりにも幼い姫君だ。気に入られて途惑う気持ちは分かるが、これぱかりはしようがない」

「あ、いえ、ハンナ王女に気に入られたのは、とても嬉しいです」

「本当に？」

「はい」

伯爵は疑っているようだ。アーネストの姉と婚姻する前は、レディ達から騒がれていた伯爵だけに、あんな幼女相手ではアーネストが不満だろうと決めつけているのかもしれない。

「ならば言いやすいが、どうやら陛下は、早々にこちらの邸にハンナ王女を住まわせるつもりらしい」

「えっ？　ここにですか？」

「ああ、何かと不安な世の中だ。この邸は都から離れているし、王女ものんびりと安心して過ごせると、陛下もお考えなのだろう」

「ですが、陛下やお后《きさき》様を、恋しがったりはなさいませんか？」

「子守りがいれば問題ないだろう」

この時代、王族や貴族は自ら子育てなどしなかった。幼い者の世話は子守りに任せきりで、気が向いたときに親子ごっこをする程度なのだ。だからハンナも、子守りがいれば問題ないと思われたのだろう。

「一緒に暮らせば、より親しみが増す。陛下はそう思われたようだ。そこで私が、公爵の代わりに下見に来たような訳だが……」

何か思うことがあるのか、伯爵は部屋の中をぐるぐると歩き回り始めた。アーネストは不安を感じて、伯爵の姿をじっと目で追う。

「うむ、陽当たりがよくていい部屋だ。ここを王女の居室としたらどうだろう？」

「えっ？　いや、それは……」

絵を描くために、わざわざ窓を増やして改築した部屋だ。いくらハンナが王女でも、そう簡単に譲れるものではない。

「今はいいかもしれませんが……ここだと外から丸見えです。庭師をはじめ使用人がすぐ近くを歩き回っていますから、王女がいずれ大人になられたときに、相応しい部屋とは思えません」

「それはいずれということだろう。私が言っているのは、今のことだ、アーネスト」

「はい……」

いかに絵を描くことを大切に思っているか、義兄である伯爵が知らない筈はない。なのにこの部屋を明け渡せと言うのは、単なるいびりのように思えてきた。

伯爵は義父の公爵に嫌われている。理由ははっきりしていた。母親が貴族出身ではなかったからだ。相手に不満があるのだったら、娘を嫁がせなければいい。公爵としてはそうしたいところだっただろうが、美しい娘をいつまでも独り身にしておくことも出来ないし、ちょうど年頃の釣り合う健康な若い男となったら、生憎伯爵しかいなかったのだ。

家柄は悪くないし、伯爵はかなりの資産家だ。そのうえ、かなりの美男で病知らずの健康体だった。婿としては申し分ないのに、公爵に嫌われているのにはもう一つ理由がある。

伯爵は貴族でありながら、自ら率先して商人のように働いていたからだ。

アーネストも伯爵が苦手だ。いずれ領主となり、ハンナと婚姻すれば、アーネストのほうがずっと身分は上になる。それが分かっていても、伯爵はアーネストに対して敬意を表さない。

あくまでも義弟として扱い、絵を描くしか能がないと蔑《さげす》んでいるようなところがあった。

「そうだな。やはりこの部屋は、外から中がよく見えてしまう。私の奥方、エリザがいた部屋を改装させよう」

姉がいた部屋なら、ハンナが大きくなっても何の不都合もない。最初から、そう決めていただろうに、アーネストを動揺させたくて伯爵はおかしな提案をわざとするのだ。

「公爵は、その件についてもうご存じなのでしょうか？」

「ああ、陛下から直に申し渡されたようだ。だが、公爵は何かとお忙しい。それで私が、代理で来たのだ」

同行していれば、公爵は即座にアーネストに命じただろう。けれど世継ぎのアーネストは、こうして邸に閉じ籠り絵ばかり描いている。不本意ながらも公爵は、婿の伯爵を頼るしかないのだ。

「邸の見取り図を、見せて貰うぞ。正式な婚姻をするまで、王女をお預かりすることになるのだ。警備も強化しなければな」

伯爵は言いたいことはすべて言ったのか、アーネストの部屋を出て公爵の執務室へと向かう。同行するべきか迷ったが、ついていったところで何も手伝えない。結局アーネストは、そのまま絵を描き続けていた。

公爵が留守だから遠慮がないせいか、伯爵はしばらくの間邸内にいた。そして従者を伴い、あちらこちらと歩き回っては、何やら指示を出していた。

あれだけ忙しなく調べているからには、近いうちにハンナがこの邸に来るのだろう。そうなれば邸内の警備はより強化され、庭師達も好き勝手なことは出来なくなる筈だ。

「いいことなはずだ……。もう夜中にふらふら出歩かずにすむ」

アーネストは他人事のように呟く。けれど内心は、静かな今の生活が乱されることに対して、強い不満を感じていた。

しばらくすると、アーネストはお茶の席に呼び出された。邸内を歩き回って疲れたのか、伯爵はお茶にたっぷりと甘いジャムを入れて飲んでいる。

「ああ、アーネスト。すまないが、庭に王女の喜びそうなものを作ってくれ」

「庭にですか？」

伯爵の申し出に、アーネストはどう答えたらいいのか悩む。公爵がいないのに、勝手に庭を弄《いじ》らせることはアーネストには出来なかったからだ。

「王女には、こういった陽光溢れる庭の中で、自由に遊べる生活がよいだろう。きっと健康になられる筈だ」

「では、公爵にもそのようにお伝えください」

「ああ、伝えておく。簡単な設計図でも用意出来ればいいのだが、生憎と私にはそういった才能はないからな」

伯爵は自分の生活を快適にするためなら、何でも簡単に思いつくのだろう。けれど頼まれたことでも、ハンナのために考えるのは面倒臭いらしい。だがこれでまた庭師達に、新たな仕事を依頼しないといけなくなる。それがアーネストにとっては、憂鬱《ゆううつ》なことだった。

暖炉の前にバスタブを置き、そこで週に一度入浴するのが貴族らしい生活だと、公爵に教えられた。海水や温水に長時間浸かる健康法は、公爵にとっては愚かな行為に思えるそうだ。

子供の頃は毎日の入浴が義務づけられていたが、嫌がることもなく楽しんでいた。なのに今は入浴が嫌いで、面倒に感じる。それもすべてドネルのせいだろう。

ドネルが家庭教師だった頃は、入浴はまだ毎晩だった。本来なら家庭教師は勉強を教えるだけで、日常の世話は使用人に任されている。なのにいつからかドネルは、入浴の場にまでいつも付き添うようになって、洗われるアーネストの様子をじっと監視するようになったのだ。

理由ははっきりしている。アーネストが入浴中に勝手に自分の性器を弄ったりしないように、見張っていたのだ。

あの頃のアーネストの世話係は、昔からいる年取った乳母で、体を触られるのは何ともなかった。それでもドネルは、乳母の手が必要以上にアーネストの体をこすると文句を言っていた。

性的なことを考えるのは、そんなに罪深いことなのだろうか。

どんなに禁じたって、体が大人になっていけば、自然と欲望は生まれてくる。それをすべて消し去ることなんて、誰にもそう簡単には出来ないだろう。

アーネストは宗教家ではないので、生きていくのに罪がどれだけ影響するのか分からない。

雷は罪人の体を砕くと言われるが、アーネストはどんなに荒れた天気の日でも、雷の直撃を受けることはなかった。

病にでもなれば、それも神が与えた罰だと思うべきだろうか。だが、アーネストはひ弱だが、寝付くような大病をしたことは一度もない。

では神はどうやって、この罪深いアーネストを罰するというのだろう。

男しか愛せないこの心と体そのものが、神の与えた罰なのだろうか。

だとしたらアーネストに異論はない。自分は十分に罰されている。最初に性的な興奮をしたのは、あろうことかドネルに尻をまさぐられ、その後で叩かれたときだ。その後、初めて自分の手で慰めたとき、心に思い浮かべたのは元の家庭教師である男爵家の三男だった。

そして今、庭師のサイラスに対する恋慕に揺れている。

「何て、罪深いアーネスト……」

独り言を呟きながら、アーネストは馬毛のブラシで体をこする。動物の毛はしなやかで、肌に程よい刺激を与えてくれた。

「……ん……」

思わずブラシで、乳首の周囲を丹念にこすってしまった。そのままブラシは、性器へと下りていく。

「……ああ……」

目を閉じてアーネストは、密《ひそ》やかな楽しみに浸った。

入浴中、侍従のノーランは側にいない。着替えるのでさえ、人に見られるのを嫌うアーネストだ。ましてや入浴となれば、当然誰にもその姿を見られたくなかった。

体にどこかおかしなところがあるわけではないが、ドネルにじろじろ見られていた頃から、人の視線が苦手になっている。

ブラシの刺激で、アーネストの性器はすっかり堅くなっていた。このまま誰にも知られず、こっそりと楽しみを終えればいい。ここでなら、明日、汚れた下着を洗濯女に見られる心配をしなくていい。

そのとき、何かがすーっと背中を撫でたような気がして、アーネストは慌てて目を開けた。

サイラスがアーネストは滅多に使わない海綿を手にして、ちょうどアーネストの背中を洗おうとしているところだった。

入ってくるのに、全く物音を立てないとはどういうことだろう。アーネストは狼狽え、真っ先にしたのは自分の性器を両手で隠すことだった。

「な、何をしている？　入室の許可は与えていないぞっ！」

「別に、そんなものは必要ないだろ？　俺を待ってたんだろうから」

そこでサイラスは、にやっとふてぶてしく笑った。

「ま、待ってなどいるものかっ。無礼な、今すぐに、出て行け」

アーネストは必死で、自分の体を隠そうと足掻《あが》く。けれど湯の上に浮いたシャボンの泡は少なく、上から覗くサイラスの目からすべてを隠すことは不可能だった。

「あれからどうした？　今日は一日、俺のことを考えて、何も手に付かなかったんじゃないか？」

いったいどうしたというのだ。サイラスの口調はすっかり変わってしまっている。これではどちらが使用人か分からないほどだ。

こんな口の利き方を許してはいけない。

その尊大な態度を改めないなら、ただちにこの邸から出て行けと当主らしく命じるべきだ。

「そ、そんな口の利き方をしたら……」

「この口が、どうかしたか？」

いきなりサイラスは、腰を屈《かが》めてアーネストの唇を奪いにくる。そんなことをは全く予想していなかったので、アーネストはいいようにされるままになっていた。

昨日は興味がなくなったとでもいうように、あっさりとアーネストを突き放したくせに、今夜のキスは濃厚だ。しっかりとアーネストの下顎《あご》を摑《つか》んで逃がさないようにしながら、サイラスは執拗に舌まで挿入してくる。

「んっ、んんんっ」

何とかしてやめさせないといけない。そう思ってアーネストは腕を振って抵抗を試みるが、屈強なサイラスには何の効果もなかった。

「自分が何をしているのか、分かっているのか、サイラス」

唇が離れた途端、アーネストは思い切り喚《わめ》いた。

恥をかくのを覚悟で、ここはノーランを呼ぶべきだろうか。いや、どんなに叫ぼうともノーランは来ない。公爵が留守なのをいいことに、今頃は使用人達と酒でも飲んでいるだろう。

では、一人で戦わないとこの身は守れないということだ。

「サイラス、自分の立場をわきまえろっ」

「ぎゃーぎゃー喚くなよ。最初に誘ったのは、そっちだろ」

「勘違いするな。私は、おまえを誘ってなどいない」

夜に温室を訪れたのは事実だ。そして自ら、サイラスの背中を洗ったのも事実だ。

今夜は、全く逆の立場になっている。洗われているのはアーネストで、そして誘っているのはサイラスだった。

「自分の男が欲しいんだろ？　安心していい。俺は、秘密をべらべら口にしたりはしない。若様の秘密の男になってやるよ」

「そんなもの、いらない。欲しくなんて……あっ！」

ついにアーネストの体は、バスタブの中から抱え上げられてしまった。

痩《や》せてはいるが、成人した男だ。なのに子供のように軽々と抱え上げられて、アーネストは濡れた体のままベッドに運ばれていた。

「な、何をする気だ」

ベッドの上に放《ほう》り投げられて、アーネストはこれが単なる悪ふざけではないことを覚悟した。

サイラスはここでアーネストを犯すつもりなのだ。

「こんなことをしたら、どうなるか分かっているのか」

「ああ、分かってるさ。お互いに、気持ちよくなるだけだ」

濡れた体の上に、サイラスはのしかかってくる。そして慌ただしく、着ているシャツを脱ぎ始めていた。

もはやサイラスを止めることは出来ない。分かっていてもアーネストは、自分とサイラスの立場の違いをはっきりさせねばいられなかった。

「貴族に対する暴力行為は……罪が……重いぞ」

「暴力行為ならな。これは違う、愛ある行為さ。若様、あんたは、したくてたまらなかったんだろ？　俺には分かる。あんたは、自分の男をずっと待っていたんだ。自分にこうしてくれる男を」

「ち、違う」

口では否定するけれど、サイラスの言うとおりなのかもしれない。

いけないことだと知っていても、自分の欲望を消し去ることが出来なかったのは事実だ。

「暴れると、面倒なことになるからな」

そう言うとサイラスは、慣れた様子でアーネストの両手を、脱いだ自分のシャツの袖《そで》で縛り上げてしまった。そのせいでアーネストにはサイラスの体を押し戻す程度の、軽い抵抗すら出来ない。

「あっ、ああっ」

「初めてじゃないんだろ？　もう何人、男をここに引きずり込んだんだ？」

サイラスの嫌らしい口調に、アーネストは強い怒りを覚えた。

「侍従か？　庭師もいたんだろうか。それとも御者かな」

「わ、私は、そんなことはしない。しようとしたこともないっ！」

「へぇーっ、それにしちゃ、誘いかたが慣れていた」

どうやらサイラスは、アーネストがとんでもない遊び人だと思ったらしい。そう思われてもしょうがないようなことをしたのは自分だったのかもしれないが、ここはどうしても身の潔白を証明したかった。

「昨夜のことなら謝る。薔薇の苗木を盗まれたのかと思って、動揺していたんだ」

「そんな言い訳は無駄さ。俺には、若様が俺に会いたくて来たとしか思えなかった」

「確かに会いたかったのは、事実だ。薔薇の苗木の話をする相手が、君しかいないから」

冷静に話したところで、サイラスがこの愚行をやめてくれるとは思えないが、何とかサイラスも落ち着いてくれないかとアーネストは穏やかに接した。

「自分を誤魔化すのはやめたらどうだ、アーネスト」

「……」

「本当は、とっても悪い子なんだろ」

まるでドネルのような口調で、サイラスは言う。

もしかしたらドネルもサイラスも、同じ悪魔が入っているのではないかと思えてしまう。

「領主の跡取り、それがどれだけ偉いんだ、アーネスト？」

「えっ……」

麦を刈らないのに、誰よりも多く麦から生まれる利益を持っていく。それが領主というものだと、何度ドネルは口にしただろう。その言葉がアーネストの脳裏に蘇り、ますます怯えさせていた。

「見ろ。裸になったら、お互いに同じ人間だ。むしろ俺のほうが、雄としては優れていないか？」

サイラスはアーネストに見せつけるように、見事な裸体を燭台のほうに向けてみせる。すると屹立《きつりつ》した立派なものが目に入って、アーネストは思わず目を閉じてしまった。

「いいさ、明日になったら、俺を警備兵に捕らえさせればいい。俺が鞭《むち》打たれるところを見たいんだろ、アーネスト……」

「わ、私を、名前で呼ぶな」

「どうして？　いい名前だ。気に入ってるよ、アーネスト……。俺の、可愛《かわい》いアーネスト」

笑いながらサイラスは、アーネストの首筋に顔を近づけると、そっと唇を押し当ててきた。

その一瞬、アーネストは血を吸われるのかと思って震え上がった。どうみてもサイラスは、魔物のようにしか思えない。

貴族を恐れないのは、魔物ぐらいのものだろう。またはドネルのように、貴族に従うよりも神の言葉に従うことを決めた人間だ。

「サイラス、おまえは信心深いのか？」

思わず訊いてしまったが、即座に笑い飛ばされた。

「誰が信心深いって？　そんな人間なら、こんなお楽しみは知らないさ」

アーネストが抵抗出来ないのをいいことに、サイラスは好きなだけその体を舐め回している。再び唇を奪われるのを恐れて、アーネストは思わず結ばれた状態の手を口元に持っていった。

何だ、自由になるのは簡単だと、そこでアーネストは気が付く。口でシャツの結び目を解けばいいだけではないか。そう思ったのに、アーネストは出来なかった。

サイラスが気付くからではない。こうして縛られているから、抵抗も出来ずに言いなりになっているという口実が、アーネストには必要なことが分かってしまったからだ。

「んっ……んん」

犯されることを望んでいるのか。

本当にアーネストは、待っていたのだろうか。

縛られたままの手で、サイラスを思い切り殴ることだって出来る。それでサイラスに殴り返されたって、後で暴行の証拠になるのだ。痣《あざ》の一つや二つ、覚悟すればいい。

そうも思えるのに、アーネストはされるままになっている。

サイラスの唇は、何の遠慮をすることもなくアーネストの体を這《は》いずり回っている。決して嫌な感じはしなくて、むしろ気持ちがよくなってしまうのが、アーネストの困惑をますます深めていく。

「あっ、ああ……やめてくれ。そんな罪深いこと……」

「そうだな。おまえは罪深い。だったらアーネスト、俺が罰してやる」

「えっ？」

そこでアーネストの体は俯《うつぶ》せにされ、尻を高く上げる恥ずかしい姿勢を取らされていた。そしてサイラスは、まるでアーネストの過去を知っているかのように、音を立てて尻を叩いてきた。

「うっ！」

ここにいるのは庭師のサイラスだ。家庭教師のドネルじゃない。なのにいつもこうしてドネルに罰されていた場面に、戻ってしまったかのような気がした。

「悪い子だ、アーネスト」

ぱしっと音がして、また叩かれた。

痛みはそれほどではない。けれど叩かれた瞬間、何ともいえない甘い痺《しび》れが背筋を伝わってくる。

「あっ、あああ……」

叩かれ続けるのかと思ったら違っていた。ドネルと同じように、今度は優しく撫でられている。まるであの日のことを見てきたかのように、されていることは同じだった。

「あっ……ああ、や、やめてくれ。お願いだ」

「こうされるのが好きなんだろ？　俺の前では、綺麗事ばかり言わなくていい。欲望に従えばいいんだ、アーネスト」

「ち、違う……こんなことは……」

「じゃあどんなことが望みなんだ？　俺は知ってる。おまえが誰を待っていたかをな」

再び優しく撫で回された後で、いきなり強く叩かれた。二度、三度と叩かれるうちに、アーネストの意識は朦朧《もうろう》となってくる。

何とか理性を保とうとしたが無理だった。痛みと心地よさが交互に繰り返されるうちに、体は恥ずかしくも興奮し、もっと甘い痛みをとねだり始めていた。

「あっ、あああ……お願いだ、もうやめてくれ」

泣き声になっていたが、それでサイラスの気が変わることはなかった。

「やめてくれ？　本当にやめて欲しいのか？　それなら、なぜ、そんなに興奮してるんだ？　こうされるのが気持ちいいからだろ」

「ち、違う……」

「嘘を吐くな、アーネスト。おまえは、自分からは何も出来ない意気地無しだ。こうしていたぶられるのが、お似合いさ」

さらに強く叩かれて、アーネストは身悶《みもだ》える。けれど甘い殴打はそこまでだった。

サイラスは自分も楽しむ権利があると、そこで主張する気になったらしい。アーネストの体を押さえつけると、背後からいきなり屹立したものをねじ込んできた。

「あっ、あああああっ」

予想もしていなかった痛みに、アーネストは悲鳴をあげる。だが助けに来てくれる者なんて、誰一人いないのだ。

「い、痛い、い、いやだ、ああっ、あっ」

泣き喚くなんてみっともない真似《まね》はしたくなかったが、アーネストにはそれしか抵抗の手段がなかった。けれど痛みと苦しみに泣きながらも、興奮は収まる様子がない。

サイラスに興奮したものをやんわりと握られて、アーネストは思いがけずに射精してしまった。

あまりにもあっさりと果ててしまったことで、アーネストは恥ずかしさに身悶えする。これではもう否定のしようがない。アーネストは、こうして犯されるのを待っていたとしか思えないだろう。

「あっ、あああ……あっ」

いつも心に思い描いていたのと違っていた。

こんなことがしたかったのだろうか。

こんなふうにされたかったのだろうか。

待っていたのは、サイラスのような男だったのか。答えはまだ分からないままだ。

「あっ、あ、ううっ」

サイラスのものが激しく突き入れられている。痛みは痺れに替わり、もう体中のどこからも抵抗する力など湧いてこなかった。

どうにか自分の体を支えている膝と腕は、サイラスが動くたびにベッドカバーの厚手の布地にこす

りつけられて痛む。その痛みだけが、アーネストの正気をどうにか保ってくれていた。

「いい締まり具合だ。本当に初めてか？」

　余裕のある態度でサイラスは訊いてくるが、アーネストは答える元気などなくて、ただ呻《うめ》いているばかりだった。

「公爵家の若様は、男好きの淫乱《いんらん》だって聞いていたけどな」

「……んっ……んんっ」

　力なくアーネストは首を振ったが、果たしてサイラスはそんな様子を見ていてくれただろうか。

「尻を叩かれるのがお気に入りってのは本当だったが」

「……」

　そんな噂《うわさ》をサイラスはどこで聞いたのだろう。庭師仲間だろうか。ドネルとの間にあったことは、誰にも知られていないと思っていたが、やはり隠せなかったようだ。あの頃にいた使用人の誰かが面《おも》白可笑《しろおか》しく吹聴して、公爵家を笑うために利用したのだろうか。

「誰でも誘うのかと思ってたよ」

「そ、そんなことはしない」

　ドネルに脅されなかったら、そんなことも平気でやるようになっていただろうか。だとしたらドネルに感謝しなければいけない。

「誘う勇気がなかったんだな。それで……ただ、大人しく待っていたんだ」

そこでサイラスは挿入していたものを抜き取り、アーネストの体を上に向かせた。

顔など見られたくない。縛られた両手をどうにか広げ、アーネストは顔を覆った。

「隠すなよ、アーネスト。その綺麗な顔を見ていたい……」

「い、嫌だ。これ以上、私を辱めないでくれ」

「いいじゃないか。そんな顔を見せるのは、俺だけなんだから」

サイラスはアーネストの足を大きく開き、その間に体を割り込ませてくる。そしてアーネストの手を戒めていたシャツを解き、両手を無理矢理《むりやり》顔から引き剝がした。

「いいか、これからは、他の誰にもこの体を見せるなよ、アーネスト」

「……ん……うう」

僅かに出来る抵抗は、目を閉じるだけになった。アーネストは自分だけの暗闇の中に逃げる。するとまたあの部分に、サイラスのものが挿入される感触があった。

「あっ！」

「言いつけを守るなら、俺が毎晩可愛がってやるから」

そんなことはしなくていいと、即座に言えたらいい。なのにアーネストは言えなかった。どうやらこの荒々しい男に、すっかり心を奪われてしまったらしい。

愚かなアーネスト、こんなに叱ってもまだ言うことを聞けないのかと、ドネルが鞭を振るう姿が脳裏を過《よ》ぎった。

「あっ、ああ……ゆ、許して……ください」

思わず出た謝罪の言葉を聞いているのは、ドネルではなくサイラスだ。アーネストはそのことに気付いて、思わず目を開いてしまった。

「そうだ……そうやって、しっかり俺を見ていろよ。誰に抱かれてるつもりか知らないが、今、相手をしているのは俺だ」

「ああ……」

まだそこにドネルが立っていて、厳しい目でアーネストを見ているような気がした。恐ろしくなって震えだしたアーネストを、なぜかサイラスは優しく抱き締めてくれる。

「怯えなくていい。楽になるのは簡単さ。俺に、惚《ほ》れればいいんだ」

もう惹かれていると、アーネストは言えない。ただ自由になった手で、そっとサイラスの体を抱いただけだ。

「そうだ、それでいい。アーネスト、おまえにこんなことをしていいのは俺だけだ。おまえの可愛い尻を叩いていいのも、この俺だけだ。分かったな」

アーネストは力なく頷く。するとその答えに満足したのか、サイラスの動きは一段と激しさを増し、やがて落ち着いて静かになった。

夢の刻《とき》は終わったのだろうか。

サイラスはのろのろと体を離したと思ったら、アーネストのシャツで体の汚れを拭っている。このシャツ一枚の値段が、麦の重さに換算したらいくらになるのか知らないが、こっそりと暖炉で燃してしまおうとアーネストは思った。

「噂は当てにならないな。だが、俺にとっちゃ悪いことじゃない。淫乱なあばずれより、清純な処女のほうがいいに決まってる」

「ど、どこで、そんな噂を聞いたんだ」

サイラスの前から、今すぐに姿を隠してしまいたかったが、生憎とここはアーネストの部屋だった。だったらサイラスを追い出せばいいと思うが、そのための強い言葉など口に出来ず、おどおどと質問をするだけだった。

「どこで？　町の酒場に行けば、いろんな噂が飛び交ってるさ」

「わ、私のこともか？」

「まぁな……」

サイラスははっきりと言わない。それが本当だとしたら、使用人の誰かが酔った拍子に面白可笑しく話しているのだろう。

十三年も前からいる使用人となると、いったい誰だろうか。そんなことを考えていたら、いきなりサイラスに頰を摑まれた。

「な、何をする」

「何をするかって？　これさ……」

サイラスの顔が近づいてきて、キスをされた。情欲まみれのキスは長く、アーネストは息苦しくなるまで唇を塞がれていた。

そうしている間に、サイラスはアーネストの手を自分のものへと導く。どうやら触れということらしい。

「どうした？　棘はないぜ」

一度果てたのに、もう堅くなっている。どうやらサイラスにとって情欲の行為は、一度で終わるものではないらしい。

「触ってみろ。他の男のものに興味があったんだろ？」

「……あ……」

手の中に堅く熱いものがあった。サイラスは男であるアーネストに対して発情している。それこそ罪深い行為なのに、サイラスには迷いは全くなかった。

「つ、罪だと思わないのか？」

「何の罪だ？　俺は、強姦《ごうかん》したわけじゃない。おまえの望みを叶《かな》えてやっただけさ」

「そうじゃない。男相手にこんなことを……」

「神が俺を罰したければ、庭仕事をしている間に雷を投げつけるだろう。せっかくアーネストといい仲になれたのに、明日、そんなことになったら残念だけどな」

あっけらかんとしたものだ。そんなサイラスを見ていると、アーネストも少しは気持ちが軽くなる。

「こいつをどうしたい？」

にやにや笑いながら、サイラスはじっとアーネストを見つめてくる。その手の中にあるものは、もう次の行為に向かいたくて、先端を濡らしていた。

「言えよ、アーネスト」

アーネストと唇を重ねたままで、サイラスは妖しく囁く。

「言うんだ。どうしたい？」

「……何を、言わせたいんだ」

「おまえの望みだ、アーネスト」

そこでアーネストの喉《のど》がこくっと鳴る。

認めてはいけない。ただ痛いだけのあんな行為がしたいなんて、絶対に認めてはいけないのだ。

「言うんだ、アーネスト」

けれどここで言える言葉は、サイラスが望むものしか許されないのだろう。けれどそんな恥ずかしい言葉は口に出来なくて、アーネストは押し黙る。

するとサイラスの手が、アーネストの性器を強く握ってきた。そのまま握り潰すくらいの勢いが感じられて、アーネストは震え上がる。

「お、お願いだ。乱暴なことはもうしないでくれ」

「おまえが素直じゃないからいけないんだ、アーネスト。俺は望みを叶えてやるって言ったんだぞ。

何でそれに応えない」

「だって……そんな恥ずかしいこと、い、言えない」

「恥ずかしいのか？」

サイラスはそこで楽しげに笑い出す。

まるでアーネストを蔑《さげす》むような笑みだった。

自分の何がいけなくて、男達から残酷な気分を引き出してしまうのかと、アーネストは悩む。

「その恥ずかしいことってやつを、言えよ、アーネスト。俺が、しっかり聞き入れてやるから」

ぎゅっと性器を摑まれたと思ったら、今度は手に包み込むようにして優しくこすられた。それだけでもうアーネストの性器は、サイラスのものに負けないほど興奮している。

恥ずかしいことを口にする前に、体は素直に自分の気持ちを表していた。

「さぁ、アーネスト、どうしたいんだ？」

「わ、私を……サイラス、あなたのものに……」

「それならもうなってる。おまえは俺のものだ」

アーネストの手の中にあるもの、これをどうするか聞かれているのは分かっている。だがそんなことを口にするなんて、許されないような気がした。

雷が二人の上に落ちるといい。そして二人で全身を焼かれたら、アーネストもこれが罪なのだと認められるだろう。

「……入れて……わ、私の中に……」

ついに、口にしてしまった。こんな望みは、決して許されないはずだとアーネストは神の罰を待つ。

だが与えられたのは、堅くなったサイラスのもので、僅かな痛みと引き攣るような不快感、そして得も言われぬ不思議な興奮だった。

姉がいた部屋は、明るい雰囲気に模様替えがされた。何十年と吊《つる》されたままだったカーテンを取り替え、壁紙も淡い花柄のものに変えたのだ。

そして庭の片隅には、小動物を放せるような柵《さく》を設けて、子ヤギと兎を新たに飼い始めた。その近くにはブランコやベンチを設え、東屋《あずまや》まで建てて子供が喜ぶような趣になっている。

それらはすべてハンナを迎え入れるためだった。

「これ以上何か作りますと、庭の景観が著しく悪くなります。公爵様がお戻りになったら、叱責されることでしょう。ですから……」

庭師頭のボルドの言葉に、アーネストは鷹揚に頷く。

「ああ、これでもう十分だ。ハンナ王女も喜ばれるだろう」

急いで準備をさせたが、その間、一度も公爵は邸に戻ってこなかった。どうやら議会は紛糾していて、都は今にも内乱の戦場になりそうだということだ。

それを手紙で教えてくれた義兄の伯爵も、完成した庭を見に来ることはない。伯爵は貴族院議員ではないが、それなりに多忙なのだろうか。

「そろそろ暖かくなってきたな。温室の火入れは、いつまで必要なんだ？」

ボルドにさりげなく確認したのは、このままサイラスが温室の番人でいられるのか知りたかったからだ。

「この国では、一年中必要です。南国の草花は、少しの寒さですぐに弱ってしまいますから」

「そうか……」

ではサイラスは、ずっとあの温室にいるのだ。公爵が二人の秘密の関係に気付き、サイラスを罰しない限りいるのだろう。

納得してアーネストは自室に戻ると、完成が近づいている絵を眺めた。

画布の中の薔薇は、どんどん色鮮やかになっている。斑《まだら》模様の美しい犬が、ぼんやりと花を見ている構図になったが、犬も不自然さもなく仕上がってきていた。

アーネストは絵筆を取ろうとしたが、そこで大きくため息を吐いて腕を下ろした。

夜になると逆転する主従関係が、あれからずっと続いている。アーネストは光りに寄っていく昆虫のように、サイラスのいる温室に向かうのだ。

初めて出来た恋人は、アーネストにちっとも優しくない。愛しているとか、好きだとかの甘い言葉は一切口にしなかった。

それどころかいつでも横柄で、アーネストに対して暴力的だ。それはどこか、公爵が使用人を罰する姿に似ている。アーネストはサイラスの前では、使用人と同じということだろう。

新しい主人の前で、いつもおどおどしている。

なのに離れられない。離れたくなかった。

「罪深いアーネスト、私は……おかしいんだ」

縛られたり、叩かれたりしながら、恍惚《こうこつ》となっていく自分を、アーネストは抑えられない。今夜もきっとアーネストは、サイラスの手によって与えられる苦しみに酔い、自分を見失うのだ。

こうしている間も、アーネストの意識は温室へと飛んでいる。

出来ることならサイラスには仕事などさせず、ずっと二人きりでこの部屋か温室に籠もっていたかった。

けれどそんなことをしても、サイラスは喜ばないだろう。

「では……彼は、何をしたら楽しいんだろう？」

相変わらずサイラスは謎だ。何を考えているのか、よく分からない。主であるアーネストを犯したことで、公爵を脅迫して金でも取る気なのかと最初は思った。けれど今のところ、そんな様子はなかった。

あるいは公爵が戻ってくるまでは、このままでいいと思っているのかもしれない。アーネストではどんなに脅してもたいした金は払えないと分かっているから、しばらくは秘密の情夫のままでいるつもりなのだ。

そう考えると、アーネストは悲しくなってくる。

早々にこんな関係は終わらせるべきだ。理性ではそう分かっているのに、アーネストは非情な恋人サイラスから離れられなくなりつつあった。

恋など知らずに育ったせいだろうか。ドネルによって、恋愛観を大きく歪《ゆが》められたせいだろうか。

サイラスが非道であっても、それを恨むよりむしろそこに惹かれてしまうのだ。

サイラスにいたぶられると、罪が一つずつ消えていくような気がする。このままずっとサイラスとの関係が続けば、自分の持っている罪はいずれすべて消えていくような気がした。

けれどそうなる前に、サイラスは目の前から消えてしまうかもしれない。

「そうだな。彼はきっといずれここを出て行く。なぜなら、私は、薔薇より価値がない」

欲望処理の相手として、選ばれただけなのだ。甘い愛の言葉なんて口にしないのは、サイラスの中にあるのが欲望だけだからだと思えば自然なことだ。

「愛されたいなんて……思っていない。だけど……」

また一人で夜を過ごすのかと思うと、それは辛かった。

陽がずっと射し込んでくれればいい。これまではずっとそう思っていたのに、今は違う。早々に夜になって、温室に灯りが灯るのを待っていた。

ノーランがカーテンを閉めにくると、ついに待っていた夜の始まりだ。続けて部屋に夕食が運ばれてきた。

公爵がずっと戻らないために、食事はますます質素になっていく。これもハンナが来たら、そうはいかない。料理長を叱責して、まともな料理を作らせないといけなかった。

そんなことも公爵が留守だと、アーネストの仕事になる。浮かれていても、忘れてしまってはいけないことだった。

早々に夕食を済ませてしまった。このところノーランは、夕食後の食器を下げにすらやってこない。どうやら公爵がいない間に、洗濯女の一人といい仲になったようだ。アーネストと同じように、日中はぼうっとしていて、部屋の片付けもどこか手抜きになっている。

アーネストの恋の相手が貴族のレディで、ノーランがもう少し気の利く男だったら、主従二人でお互いの恋の話なども出来るのだろう。だが残念なことに、ノーランはそういった話の出来る相手ではなかったし、サイラスも誇れるような恋人ではなかった。

「愚かなアーネスト。また今夜も、痛みのために温室に行くのか」

自分の愚かさを笑いながら、アーネストはそっと温室に忍び込む。すると人声が聞こえたので、慌てて大きな葉を持つ木の陰に身を隠した。

「公爵が戻る前に、やってしまわないと」

ぼそぼそと話しているが、あの声はボルドだ。

「いつになるのか、はっきりとは分からないんですかね」

ボルドが誰かに質問している。するとすぐに誰かが答えた。

「まだ先だ。急ぐことはないが、用意はしておいたほうがいい」

その声はサイラスだ。けれどこれだと、庭師頭のボルドのほうがサイラスよりも目下のような感じがしてしまう。

アーネストはおかしな気がして、さらに聞き耳を立てた。

「巻き込まれるのはごめんですよ」

「心配しなくていい。手は打ってある」

「気付かれますかね？」

「花が咲くのはずっと先だろう？　それまでには……終わっているさ」

そこでボルドは納得したのか、会話は途切れた。続けてボルドとサイラスが、温室から出て行く気配がした。サイラスはすぐに戻るつもりなのか、ランプを消さずに出て行ったおかげで、アーネストは迷うことなく奥まで辿り着けた。

「何の話をしていたんだろう？」

もしかしたらと思って、アーネストは黄色い薔薇の苗が植えられている辺りの様子を窺う。すると明らかに本数が減っているように感じられた。しかも残っているのは、やたら背の低い木ばかりだ。

やはりボルドは、苗木を盗んでいたのだ。それを知っていて惚けていただけでなく、なぜボルドにサイラスはあんな尊大な態度でいたのだろう。

サイラスは謎に包まれている。分からないことばかりだ。けれどサイラスが苗泥棒に加担しているのだけは、これではっきりとした。

使用人のほとんどを泥棒扱いする公爵の気持ちが、今回のことでよく分かるようになった。そんなもの本当は学びたくなかったのだ。なのに学ばせる庭師達がアーネストは憎い。

これでサイラスがアーネストをただ弄《もてあそ》んでいるだけなのが、ますますはっきりとしたようで余計に辛くなる。

しばらくするとサイラスだけが戻ってきた。その顔は、何か思い詰めたような表情になっていた。

「これは、どういうことだ？　卑しい泥棒の真似をしているのか？」

いきなりの問いかけに、サイラスは初めてそこにアーネストがいることに気付いたようだ。驚いた様子で、じっとアーネストを見つめてくる。

「何だ、こそこそさぐりに来たのか？」

「これは公爵の財産だ。私には、その大切な財産の一部が、大量に奪われているように思えるのだが」

サイラスが近づいてくる。するとアーネストの中で、落ち着きがどんどん失われていった。それに比べて、サイラスは落ち着いている。自分の罪を指摘されたのに、狼狽える様子はまるでなかった。

「それじゃあ、ここにどれだけの苗があったのか、正確な数を言ってくれ」

「えっ……」

「盗んだって言うなら、何をどれだけ盗んだか分かって言ってるんだろ？」

「それは……」

漠然と数が減っているように思えるということでは、やはりいけなかったようだ。けれどアーネストには、ここにどれだけの苗があったのか正確な数など知るよしもない。

「さぁ、証拠を出せよ、アーネスト」

サイラスは詰め寄ってくる。その手にはいつの間にか、一輪の花が咲いている薔薇の枝が握られていた。

「どうした、アーネスト。おまえは証拠もないのに、俺達を盗人《ぬすっと》扱いするのか？」

「わ、私にだって分かるほど、数が減っている」

「ああ、薔薇園に新しい苗を移動したからな。それで減ってるんだ」

「嘘だ……。それにおかしい……どうして誰にでも、そんな尊大な態度を取る。ボルドは君にとって目上の頭だろう？　なのにあの態度は何だ。サイラス、君は、いったい何者なんだ？」

アーネストの必死の問いかけは、サイラスにとって冷笑ものでしかなかったようだ。

「さあな、何者だと思う？」

不敵に笑われて、アーネストの足から力が抜けていった。

どうしてこの男に見つめられると、体から力がすべて消えてしまうのだろう。それだけじゃない。魂まで曇ってしまって、まともな判断など何も出来なくなってしまうのだ。

「跪け、アーネスト」

「……えっ……」

「俺を盗人だと嘲《あざけ》ったな」

「だって、そうだろう……」

そこで何かが、ひゅっと音を立てて空を切った。次の瞬間、アーネストは手の甲に焼けるような痛みを感じて、思わずよろけてしまった。

「シャツを脱いで、そこに蹲《うずくま》れ、アーネスト。おまえの体に、罪人の印を付けてやる」

目の前を薔薇の枝が過ぎった。それを見てアーネストは、自分の体に傷を付けたものの正体を知った。

公爵の自慢である、黄色い薔薇だ。

「わ、私は、罪人じゃない」

「そうか？　俺が盗人なら、おまえも立派な盗人だろ？　働きもせず、農民から麦を奪っていく。それはもう立派な犯罪だ」

どうしてここで、サイラスまでドネルと同じようなことを言い出すのだろう。自由民が皆、同じように思っているとしたら、貴族の地位に安閑とはしていられないではないか。

「領主は、民を守るためにいるんだ」

何年も、いや何百年も繰り返された支配のための言い訳だ。実際に鎧兜《よろいかぶと》に身を包み、領地と領民を敵国から守っていた時代にはそれが真実だった。戦となれば、領主は兵を引き連れて参戦し、王と国のために戦い、その結果領民を守っていたのだ。

いつから戦はなくなったのだろう。いつから鎧兜は、邸の一画を飾る美術品になってしまったのか。

アーネストはそんな歴史の流れすら知らない。

赤の絵の具を一つ手に入れるために、麦の実がどれだけ必要なのかも知らなかった。

「今、戦になったら、アーネスト、おまえは領民を守れるのか？」

サイラスはまるで裁判官のように、アーネストにきつい口調で詰め寄る。

一言も反論は出来なかった。アーネストは、ここ何年も剣を握ったことがない。弓矢を手にしたこともなければ、乗馬すらほとんどしない。

ただ絵筆を手にして、画布に美しい薔薇を描き続けているだけだ。

「民を守るだって？　口先だけは勇ましいな」

「……」

「跪け、アーネスト。罪を悔い改めるのに、痛みが必要だろ、アーネスト……」

ここで逃げ出せばいいのだ。わーわー泣き喚いて出て行けば、さすがに使用人の誰かが気付いてくれるだろう。

そうすれば立場は逆転する。サイラスは主を暴行した罪で罪人となり、刑場に引き立てられていくのだ。

なのにアーネストは叫べない。サイラスに命じられるまま、その場に跪き神に祈った。

「何を祈ってるんだ？　神に罪を悔いているのか？　そんなことをしても無駄さ」

無駄だろうか。神は世界を救うのに多忙で、アーネストごときの願いなんて何も聞き入れてはくれないと思っていたが、そうではない。

寛大な神は罪深きアーネストを許し、望みを叶えてくれた。荒々しくアーネストの魂を蹂躙《じゅうりん》していく恋人こそ、待ち望んでいたものなのだから、願いは聞き届けられたのだ。

これが自分の望んだ結果だから、神に感謝すべきだろう。

「シャツを汚したら、困るんじゃないか？　ここで何をしていたか、ばれたら困るんだろ。だったら脱げよ、アーネスト」

「ああ……」

ゆったりした白いシャツは気に入っている。サイラスの手で引き裂かれる前に、ここは素直に脱ぐことにした。

「誰にも知られたくないよな、アーネスト。若様ともあろうものが、温室で庭師に毎晩、いたぶられて喜んでいるなんて」

「……脅すのか？」

「脅す？　そうだな、では脅すことにしよう。取引だ、アーネスト。余計な詮索はするな。それ以上下手に騒ぐと、俺達は終わりだ」

そうはいかない。私は次期領主だ。公爵家の財産を守るために、不正に立ち向かう覚悟はある。そこまでの言葉が、脳内には簡単に浮かぶのに、実際に口にする勇気はなかった。

サイラスはアーネストの目の前で、薔薇の花を振りながら言う。

「哀れな花だ。温室から出したら、三日で枯れてしまう。そんなものに価値があるようにし向けるのが、金持ちの道楽か？」

「温室から出しても枯れないようにするのに、品種改良のための時間が必要なんだ。確かに、薔薇は麦のように食べることは出来ない。無駄に思えるものかもしれないが、だからこそ公爵のように金を掛けられる保護者が必要になる」

薔薇の庭園などなくても、誰も困らないと言われればそれまでだ。けれど今は、豊かな時代ではないのか。きっと新大陸に邸宅を構える人間だって、庭園に薔薇のアーチを作りたいと望むだろう。

「ああ、公爵は薔薇とアーネストにとっては、大切な保護者だな。だが、たかが花の値段を吊り上げるために、公爵がどれだけ阿漕《あこぎ》なことを裏でやってるか、知ってるか？」

「……」

「父親の替わりに、打たれるがいい、アーネスト」

サイラスはアーネストの背後に回ると、その背にいきなり薔薇の枝を打ち付けた。

「うっ！」

これはいつものような、情欲の絡んだ遊戯なのだろうか。

二回目の攻撃が、背中に新たな傷を作ったと分かった瞬間、アーネストははらはらと涙を零していた。

「ああ……」

なぜだろう、真っ先に思ったのは、アーネストを打つために鞭となった薔薇の枝が、可哀相《かわいそう》に思えたのだ。

本当なら美しいもの、愛されるものとして、大切にされるべき薔薇が、憎しみの象徴のようにして使われている。それがアーネストを悲しませていた。

「おかしな男だ。いつもは痛みに喜ぶのに」

サイラスはアーネストの顎を捉《とら》え、上を向かせて不思議そうに呟く。

「打つなら……乗馬用の鞭がいい。薔薇は……嫌だ」

アーネストの泣き顔を見て、サイラスは口元を吊り上げて苦笑いした。

「そうか、そんなに痛いのか？」

「痛いんじゃない……薔薇が、可哀相で……」

笑いたければ笑えばいい。罵りたければ、思い切り罵ってくれても構わなかった。アーネストにとって薔薇は、自分の分身のような気がしていたのだ。

「自分のことを哀れんでるのか？」

サイラスはよく見ている。アーネストが自分のことを薔薇に喩《たと》えたりしているのを、分かっていてそんなことを言うのだろう。

「そうかもしれない……。私は……温室を出たら枯れてしまう薔薇と同じだ。いや、薔薇よりももっと価値がない」

涙とともに聞かされた言葉に、サイラスの心は動いただろうか。アーネストの頬を、優しく撫でてくれていた。

「薔薇よりは価値があるさ。アーネストは、永遠に枯れない薔薇を作り出せるんだから」

「枯れない薔薇？」

「刻は残酷で、平気で薔薇を枯らせてしまうが、絵の中の薔薇は、枯れることはない。切ったばかりのように、ずっと美しいままだ。アーネストの描く薔薇は美しい」

サイラスの言葉に、アーネストはまた新たな涙を流す。

これまで一度として、誰かから絵を褒められたことがない。最初に絵を教えてくれた画家ですらも、アーネストの画力を認めようとはしなかった。

外の世界へ出ない口実のために、たいして上手くもない絵を描いている。そう思われているだけで、誰もアーネストの絵を評価などしてくれない。見ようともしてくれなかったのだ。

アーネストは顔を上げ、いつになく優しいサイラスを見つめる。アーネストの目には、恋慕が溢れていただろうか。

けれどサイラスは、すぐに残酷で非道な恋人に戻ってしまった。

「おまえが画布に綺麗な薔薇を描くように、俺は、おまえの体に痛みの印を刻み込む」

またもや薔薇の枝が、アーネストの背中の皮膚を切り裂いた。

「あっ、あああっ……なぜ、そんな酷いことを……」

「いい模様だ。おまえが直に見られないのは残念だな」

冷たく言われて、アーネストは嗚咽《おえつ》を聞かれないように両手で口元を覆った。

父親の替わりに打たれろとサイラスは言った。もしかしたらサイラスは、公爵に何か恨みがあるのだろうか。それを晴らすのに、アーネストを利用しているのだとしたら、この理不尽な怒りも分かるような気がした。

「私を、どうしたいんだ」

アーネストの囁きを、サイラスは聞き逃さなかった。履いていたズボンを脱がせながら、つまらなそうにサイラスは答える。

「苦しめたいだけさ。そうだな、それともなければ、温室育ちのアーネストに、外の世界の冷たさを教えてやってるんだ」

「……公爵を憎んでいるのじゃないか？」

その質問の答えはなく、アーネストの体はそのまま地面に押しつけられ、背後からいきなりサイラスのものが押し当てられていた。

「どうでもいいだろう、そんなことは。それより……そろそろこいつが欲しくなってきただろう？」

「……」

「薔薇鞭は、思っていたより気に入らなかったみたいだな。ひりひりといつまでも痛む傷を贈ってやったのに」

サイラスが強く息を吹きかけると、本当に傷はひりひりと痛み始めた。

「んっ……あっあっ、い、痛い」

「痛むだろ。その痛みと共に思い出せ。余計な詮索はするな。俺とこうしていたかったら、何も見なかったことにするんだ。いいな！」

サイラスのものがアーネストの中に押し入ってくる。するとサイラスを喜ばせるために、自然とアーネストの体は動いていた。

「んっ……んん」

「お利口だな、アーネスト。白い肌に、綺麗な模様が浮き上がってる。いい眺めだ」

「あっ、ああっ……」

ぐいぐいと突き入れられて、アーネストの意識は朦朧としてくる。萎《な》えていた性器は膨らみだし、先端から蜜を垂らして喜びを露《あら》わにしていた。

けれど心の奥底には、いつもより深い悲しみが生まれてしまった。

サイラスは公爵へ復讐《ふくしゅう》したいのだ。そのためにアーネストの歪んだ性癖をいいことに、ただいたぶって遊んでいるだけなのではないか。

絵を褒められたとき、一瞬だがサイラスが本気でアーネストに関心を持ってくれているように感じられた。嬉しかったけれど、どうやら勘違いだったらしい。

利用されているだけなのだ。それが分かっているなら、アーネストも割り切って、体だけの関係だと思えばいいのだ。

「あっ……ううううっ……んっ、あっ、ああ」

突き入れられ、激しく動かされる度に声が出る。甘い喜びに浸りながら、これだけで満足すべきだとアーネストは自分を納得させようと足掻く。

どんなに好きになったところで、サイラスはアーネストの気持ちに応えてなどくれない。

手折られた薔薇がいずれ枯れてしまうように、サイラスの思いも枯れるだろう。アーネストを思う様いたぶり、ぼろぼろになった頃にきっとサイラスは去ってしまうのだ。

翌朝早く、まだ陽も昇らないうちに、またもやボルドは庭師達を引き連れ、荷車に大量の荷を載せて運び出した。

サイラスには何も詮索するなと脅かされたが、皆が出掛けた後、こっそりと温室の中に入ったアーネストは、略奪の激しさに驚かされた。

「こんなに持っていくなんて」

薔薇の苗だけではない。果実のなる木や、この辺りには滅多にない南国の木などがごっそり持ち出されている。これはもうさすがに黙って見過ごすことは出来なかった。

公爵家の執務は、家令のスチュアートに一任されている。だがスチュアートも、公爵と共に伯爵家に宿泊していた。

頼れる者は、この邸には誰一人いない。

裏切ることになっても、やはりここは公爵に告げに行くべきだろう。

そんなときに、料理人頭が荷車に馬を繋いでいた。

「どこに行くんだ？」

アーネストが訊ねると、料理人は畏《かしこ》まって答えた。

「若様、公爵様がいないのをいいことに、酷い食事ばかりですみませんでした。姫君がいらっしゃるというので、今から市場に買い出しに参ります」

きっとスチュアートは、邸に残ったアーネストが十分に食べられるよう、料理人にそれなりの金額を託していった筈だ。けれどその金は、料理人や馬丁達の飲み代になってしまったのだろう。

そのことを問い詰められるのかと、料理人は恐縮している。けれどアーネストの目的は違っていた。

「市場に行くなら、伯爵家の近くまで乗せていってくれないか？」

「いや、若様、これは荷車ですから。何でしたら、伯爵家に寄って、迎えを寄越《よこ》すように伝えますが」

「いや、これで構わない。急いでいるんだ」

情けないことに、一人では馬に乗って都に行くことも出来ない。道に迷うだろうし、長時間の乗馬などしたことがなかったからだ。

サイラスのいない今のうちに、さっさと出掛けてしまわないといけない。それにはここで料理人に都まで連れて行ってもらうしかなかった。

公爵に告げるからには、サイラスを裏切ることになる。

これでついに二人の関係は終わりになるだろう。

サイラスの目的が公爵への復讐だとしたら、もう十分に果たされたはずだ。次期公爵のアーネストは、心も体もサイラスによってボロボロにされてしまっている。ここで別れても、アーネストはずっとサイラスのことを心に抱いて生きていくことになるだろう。

それでいいではないか。サイラスはそこで満足すべきだ。

荷台に麻袋を敷き詰め、そこに座ってアーネストは都へと向かう。まだ夜は明けたばかりで、空には消え残った星が微かに瞬いていた。

「乗り心地はひどいでしょう？」

料理人頭は何度も背後を振り返る。もしかしたらアーネストが、公爵の留守中のあまりの冷遇に耐えかねて、直訴しに行くと思っているのではないだろうか。おどおどした様子に、アーネストは鷹揚に答えた。

「ハンナ王女がいらっしゃるのに、足りないものがたくさんありそうだ。そういったことを確認しておくのを忘れていた。姉上だったら、レディに必要なものをすぐに揃えられるだろうし」

アーネストだってときには嘘を吐く。下手な嘘だが、それを聞いて料理人頭も少しは安堵《あんど》しただろうか。

「ハンナ王女は、甘い菓子がお好きなようだ。常に切らさないように、用意してくれ」

「はい、畏まりました」

使用人達は知っている。すぐに激昂《げっこう》する公爵と違って、アーネストは決して声を荒げたりはしない、穏やかな主だと。心に疚《やま》しいことがあるときは、アーネストのような主は有り難いに違いない。

乗り心地は悪かったが、それでも荷台で揺られているうちにうとうとしていた。

最悪な荷台で見たにしては、いい夢が見られた。真っ赤な火が燃えている暖炉の前で、美しい犬達とくつろいでいる夢だ。しかもそこにはサイラスもいて、いつものように荒々しい態度ではなく、優しくアーネストの髪を撫で続けている。

何でそんなに優しくするんだと訊いたら、おまえが望めばそうなるんだと叱られた。

悲しくて涙が零れた瞬間、それは現実のこととなって、アーネストの頬は濡れていた。

優しくされたいと最初から望んでいたら、サイラスは嘘でも優しくしてくれただろうか。いや、そんなことをされたら、余計にこの裏切りと別れは辛くなっただろう。

涙を拭っているうちに、どうやら伯爵邸に着いたらしい。朝靄《もや》が酷くて内部の様子は窺えないが、明け方近くまで騒いでいるのが都の貴族だから、今頃はまだ眠っているのだろう。

中に入ろうとしたら、門番と揉《も》めた。こんな時間に、荷馬車に乗ってやってくる貴族なんてものは、門番の頭の中では存在しないらしい。何度説明しても、公爵家のアーネストだと信じては貰えず、酔っぱらいがからかっているのだと思われたようだ。

しばらくして寝間着姿のスチュアートが門までやってきて、やっとアーネストは中に入ることを許された。

「若様、どうなさったのです？　連絡をいただければ、馬車を迎えに行かせましたのに」

何でこんな早朝に突然訪問などするのだと、スチュアートは明らかに迷惑そうだ。公爵に朝まで付き合わされて、やっと眠ったところだったのだろうか。

「ハンナ王女がいらっしゃるのに、何か用意し忘れているものがないか、姉上に伺いたいと思ったんだ」

「そんな必要はございません。ご入用なものは、すべて持参なさるとの連絡を受けております」

「そうか。だが、私は何も聞いていない」

アーネストはむっとして答える。事実、そんな話は一言も聞いていなかった。

「若様のお手を煩わせるようなことではないと思いましたので」

居室に籠もりっきりのアーネストには、知らせる必要もないことだとスチュアートは判断したようだ。何だか自分のことを軽んじられているようで、スチュアートに庭師達の反乱を話す気は失《う》せてしまった。

「父上は、まだお休みか？」

「はい……このところ、あまりよく眠れないようでして。今、やっと眠られたところです。よろしければお目覚めになられるまで、お待ちになってください」

「そうか……すまなかった」

使用人達も、招かれざる客であるアーネストに対して、あからさまに迷惑そうな様子を示す。それでも客間の暖炉に火は入れられ、温かいお茶とパンや果物が提供された。

今日は議会のない日の筈だか　公爵は昼過ぎまで寝ているつもりだろうか。報告だけ済ませて、早々に帰りたいアーネストとしては、こうして無為に待っている時間が惜しいばかりだ。

手紙でも置いて帰ろうかと思った。そこで紙とペンを使用人に頼んだら、ほどなくして何と義兄のローリンガム伯爵がやってきた。

「こんな早朝にいきなり訪問して、申し訳ありません」

アーネストは立ち上がり、乱れた着衣を直して挨拶する。伯爵は寝間着姿で現れるような無礼はせず、入浴を済ませたばかりのような爽やかな匂いをさせていて、真っ白なカラーのシャツを着ていた。

「荷馬車で来たと聞いて驚いた」

伯爵は苦笑する。乗馬も巧みな伯爵からしてみたら、邸からここまでの間を馬で来られないアーネストは、笑うしかないのだろう。

「恥ずかしいことですが、私は道も不案内で、乗馬も下手ですから」

「いい馬を持っているのにもったいない。そのうち、乗馬の訓練に狩り出す必要がありそうだな」

いつもは苦手な伯爵だったが、こうして温かく出迎えてくれたことで、アーネストの気持ちは満たされた。そして伯爵に対して、いつもより素直な気持ちになっていた。

「ハンナ王女の必要なものが、足りないということだが……問題はそれだけかな？」

さりげなく聞いてくるが、たかがそんなことで早朝に荷馬車に揺られてくる筈がないと、伯爵はすでに気が付いているようだ。

「いえ……実は、庭師が大量に薔薇の苗を盗んでいるようなので、それを父上に進言するべくまいりました」

伯爵だったら、使用人の横暴にどう対応するべきか、よく分かっているだろう。そう思って正直に答えたら、胸のつかえがすっと下りた気がした。

「ふむ、それは……確かなことなのか？」

「はい。温室に入ったら、一目で気が付くほどの量です」

「ううむ」

即座に公爵に告げるべきだと言い出すかと思ったら、伯爵の反応は少し違っていた。

「それはアーネスト……公爵には告げないほうがいい」

「なぜです？　盗まれているのですよ？」

「アーネストは……使用人の血を見たいのか？」

「えっ？」

伯爵の言葉の意味を捉えるのに、しばらく時間が必要だった。けれど伯爵の真剣な表情を見ているうちに、もっとも恐ろしい結末が見えてきた。

「アーネスト、義弟の君だから言うが、今の公爵は普通じゃない。そんな話を聞いたら、ただちに庭師を全員、その場で斬《き》り殺してしまうだろう」

「そんな……」

普段から使用人の不始末に対して、すぐに激昂する公爵だった。伯爵の言うとおり、その場でただちに庭師を全員殺すぐらいするかもしれない。

そうなれば当然、サイラスの命もないだろう。

「公爵の様子は、それほどひどいのでしょうか？」

「ああ、議会が紛糾しているせいで、心労が積もり積もっているようだ。眠れないで苛立《いらだ》っている」

「議会を休むことは、無理なのでしょうね」

「無理だ。止めても公爵は出て行くに決まっている。殺気立っている貴族院議員と国民会院議員の間で、今にも決闘が起こりそうなほどだからな」

何で揉めているかは想像がついた。邸でよく議論していた税の問題だ。

そんな問題で日々議会が紛糾しているときに、庭師達の盗みについて告げたらどうなるかは明白だ。公爵は怒り狂って、アーネストに庭師達の始末を命じるに決まっている。

そんなことアーネストに出来る筈もない。想像しただけで、アーネストは青ざめていた。

「その話題には触れるな。このままハンナ王女の備品について、不安になったことにしておくといい」

「でも、盗みはいずればれます」

「もし、温室があまりにも寂しいようなら、別の何かを買ってきて埋めておけばいい。どうせ今の公爵では、違いなど分かりはしないだろうから」

それでは不正をみすみす見逃すことになってしまう。アーネストがまだ迷っていると、伯爵は声を潜めて言ってきた。

「もしかしたら庭師達は、邸が襲撃されることを恐れて、どこか安全な場所に苗を移動したのかもしれないぞ」

「邸を誰が襲撃するというのです」

「公爵に対して、憎しみを抱いている連中だ」

「そんな……」

ありえないことではない。公爵に痛手を与えるなら、もっとも手っ取り早い方法は温室の破壊だと思いつく人間はいるだろう。

「庭師達は、苗を守ろうとこっそり働いてくれているんだ。だったら、下手に騒がないほうがいい」

サイラスの言葉が、そこで脳裏に蘇った。

余計な詮索はするなと言ったのは、あるいはそんな意味だったのかもしれない。

「明日、ハンナ王女がいらっしゃるのですが、大丈夫でしょうか？」

「いくら気の逸《はや》った連中でも、いたいけな王女を傷つけるような真似はしないだろう。それに王女には、警護の兵が付くだろうし」

「そうですよね。それを聞いてほっとしました」

やはり伯爵に先に話してよかったと、アーネストは一人頷く。ここで公爵に庭師達のことを告げていたら、誤解が元で皆殺されてしまったかもしれない。そんなことにならなかったのは、伯爵のおかげだとアーネストは素直に感謝した。

「邸に戻ります。馬車をお願い出来ますか？」

「何だ、そんなに急ぐこともあるまい。君の姉上のエルザはまだ休んでいるが、目覚めたら会いたいと言うに決まっている。ここで帰したら、私がエルザに責められる」

いかにもいい夫らしく伯爵は言うが、アーネストは今更のように、思慮の足りない自分の行動が恥ずかしくなってきて、すぐにでも帰りたい心境だった。

「それに王女のために、何か用意するものがあるとなったら、エルザも喜ぶだろう。まだ幼いが、いずれアーネストの妻となったら妹になるのだ。何かと世話を焼きたいのが女というものだからな」

別に姉のエルザに、特別会いたいとは思わない。エルザはいかにも貴族のレディといった感じで、話していても到底分かり合えない人種のような気がしてしまう。

だがここはよくしてくれた伯爵のためにも、いい弟を演じるべきだろう。

「ゆっくりしていくといい。よければ図書室から本でも持ってきて、読んでいなさい」

「ありがとうございます」

そういえばしばらくまともな読書をしていなかった。伯爵が持っている膨大な書物の中に、アーネストのような罪深い人間のことを、詳しく書いたものはあるのだろうか。

古の物語の中では許されていたことが、どうして今はいけないことになってしまったのか、そんなことを考え出したら、昨夜の傷が疼《うず》き出してきて、アーネストは忘れていた痛みにまた苦しめられていた。

最悪の展開になってしまった。姉と他愛ない話をしているうちに、公爵が目を覚ましてしまったのだ。そして邸に戻るアーネストと同乗し、一旦《いったん》自分も邸に戻ると言い出した。何とか思い止《とど》まらせたかったが無理だった。公爵は一度こうだと決めたら、決して変えないのだ。

「それほど遠くもないのに、荷馬車に同乗してくるとはな」

一緒に馬車に乗った途端、公爵は冷たい口調で言ってくる。

「おまえには、いい馬を与えたつもりだ。それが、どうだ。愛馬にも満足に乗れない。これから大変なことになるかもしれないのに」

馬車の中から騎乗の兵の姿を見つけて、公爵は教えるように指を差す。

「おまえのような年頃の若者は、みんなああやって馬に乗り、いつでも戦えるように備えているものなんだ」

そんな叱責の言葉に、いつもなら腹が立つところだが今日は違っていた。

邸に戻って、温室の変わり様を見てしまったら、公爵はどうするだろう。公爵の指示で苗をどこかに移動したのならいいが、そうでなければ大騒ぎになる。

そうなったらどうするのが一番いいのか、アーネストは悩んでいた。ここはやはり自分がすべて叱責を受け、庭師達を助けるべきだろう。

公爵の眼窩《がんか》は落ち窪《くぼ》み、乱れた髪には白いものが目立った。ここ数日の間に、一気に老いてしまったようだ。

「明日から、王女がやってくるのだな」

公爵は起きてから、何度も同じことを口にしている。そんなこともこれまでなかっただけに、公爵の心は本当に壊れてしまったのかと、アーネストを余計に不安にさせていた。

滅多に出掛けないアーネストだが、都の様子がいつもと違うのは感じ取れた。

通りにはやたら人が溢れている。しかも男の姿が圧倒的に多かった。用があるのなら、忙しそうにしているものだろう。けれどそこかしこにたむろしているばかりで、動くこともなかった。

何だか不穏な空気を感じる。それは公爵も同じなのか、馬車の歩みが遅くなる度に、声を荒げて御者を叱っていた。

そうしているうちに、王城近くの広場を通りかかった。すると人の数はますます増えていて、馬車をすんなり走らせるのは困難なほどになってしまった。

どうやら路上で誰かが演説をしているらしく、それを聞こうとしている聴衆のようだ。

「ふんっ、また自由民のやつらが、妄想を並べ立てているようだな」

憎々しげに公爵は言うと、御者にそんな聴衆は蹴《け》散《ち》らせと当たり散らしている。

「いつもこんなふうなのですか？」

アーネストの問いかけに、公爵は恐ろしい形相を浮かべた。

「いつも？　ああ、いつもだ。おまえが花の絵を描いている間にも、自由民のやつらはこうして路上に出てきて、好き勝手なことを喚いている」

絵を描くことしか能がない息子に、公爵はこれまで以上に苛立ちを覚えているようだ。アーネストがここで、私も共に戦いますとでも言えばいいのだろうが、嘘でもアーネストには言えなかった。

こんな喧噪《けんそう》に満ちた世界は、アーネストの棲《す》む場所ではない。

美しい薔薇が咲き誇るあの庭園、薔薇の王国だけがアーネストの居場所だ。

刻を止めてしまう魔力を、絵画は持っている。そのときに目にした美しさのすべてを画布に閉じこめ、儚くも消えてしまうものを、多くの人に伝えられるのだ。

なのにその才能は、公爵の棲む世界では何の意味もない。剣を持ち、馬に乗って、群衆を蹴散らす者だけを、公爵は評価するのだろう。

「この世界は、王侯貴族だけのものだろうか。なぜ、自らの手で刈った麦を、手を汚さない王侯貴族に差し出さねばならないのか」

演説の声は、馬車の中にいても聞こえてくる。

「それだけではない。数々の労苦に耐え、新大陸から持ち帰ったものにまで、法外な税を取り立てようとしている。しまいには、空から降る雨水にすら課税するのではないか？」

群衆が、そうだそうだと同意を示していた。

いったい誰が、あんな演説をしているのだろうと、馬車の窓から見ていたアーネストは、そこで思わず叫んでいた。

「あれは！」

黒くて長い上着を着た長身の男が、路上に設けられた演壇で熱弁をふるっている。その様子は、アーネストの記憶にある姿と全く同じだった。

「働いた者が、働いた分だけ利益を得るべきだ。何もせずに、ただ奪っていく施政者などいらない。二院制を行いながら、自由民の意見は全く無視して、貴族院の決定だけを尊重するような議会にもはや意味はない」

その声に聞き覚えがあるのは、アーネストだけではなかった。

公爵も喋っているのが誰か分かって、眉を寄せている。

「ガルパス・ドネルか……神学者で法学者……だが今は、下らぬ改革推進者だ」

アーネストの体が細かく震え出す。その名前を聞き、声を聞いて、姿を見ていると、恐ろしい過去の叱責が蘇り、下半身に痛みの記憶が襲いかかってきた。

「見ろ。あそこの馬車の作りはどうだ。御者にすら豪華な衣装を着せ、馬の体躯《たいく》まで揃えている。金具には、本物の金をあしらっているのだろうな」

いきなりドネルは、公爵の馬車を指差して喚きだした。公爵の馬車だと気付いて、わざとやっているとしか思えなかった。

「我々は痩せた驢馬《ろば》に、どうにかして荷を運ばせているというのに、あの馬車にはたった一人か二人が、楽をするために乗っているんだ。そのために使った金は、我々から奪っていった税で支払われているんだぞ」

ドネルの挑発に興奮した群衆の一人が、馬車を蹴り始めた。すると何人かが同調して、左右から激しく馬車を揺らしてくる。

アーネストはもう生きた心地もしない。このまま馬車が壊され、自分達も殴り殺されてしまうのではないかと思えたのだ。

けれど公爵は気丈だった。馬車の窓から身を乗り出し、騒ぐ群衆に負けない大声で叫んだのだ。

「私を誰と心得る。先王の実弟、オルドマン公爵だぞ。無礼な行いを、ただちに止《や》めないか！」

「おおっ、あれこそまさに、我らが憎むべき王族ではないか。貴族院を牛耳る魔物だ」

群衆は一瞬怯《ひる》んだが、すぐにドネルの焚《た》きつけるような声が聞こえてくると、再び蛮行を再開した。

よく訓練された馬も、さすがに怯えて何度も嘶《いなな》いている。しまいには前足を上げて暴れ始めたので、御者もそれを抑えるのがやっとの状態だった。

そしてついに馬車の車輪が一つ外され、車体は大きく傾いた。アーネストはこれで車外に引きずり出されるのかと思ったが、そこでやっと国軍の兵が到着し、群衆を蹴散らし始めた。

「ガルパス・ドネル。こんなところでとんでもない恥をかかせおって」

激昂した公爵は、斜めになった馬車から飛び降りると、ドネルに向かって走っていく。

嫌な予感がして、アーネストもよろけつつその後を追った。

「頭のおかしな夢想家め。十二年前、あの場で斬り捨てておけばよかったのだ」

公爵は剣を抜いている。ぎらぎら光る刀身を見ると、さすがにあれだけ騒いでいた群衆も、公爵の側から逃げ出した。

「公爵、父上、いけません。それ以上は、どうか、落ち着いて」

アーネストが必死で止め立てしても、公爵はもう何も聞いていない。ただ真《ま》っ直《す》ぐに、ドネルに向かって進んでいく。

壇上のドネルは、まだ余裕のある様子で立っていた。

あれからもう十二年が過ぎたことが信じられない。ドネルはアーネストの悪夢に現れる姿そのものだ。眉間《みけん》に皺《しわ》を寄せ、厳しい目でアーネストを睨《にら》み付けていた。

「おや……尻叩きの好きな若様も、少しは大人になったようだな」

馬鹿にしたように言われて、アーネストの足はすくむ。その間に公爵はドネルに詰め寄り、気が付けばその胸に剣を突き立てていた。

「どこまで貴族を侮辱するのだ。おまえのようなものは、もっと早くに成敗されるべきだったな」

恐ろしいことをしているのに、公爵は笑っている。

「父上、あっ、ああ、父上、何てことを！」

遅かった。せめて公爵の衣服の袖でも摑めれば、止めることは出来ただろうか。

ドネルは叫びもしなかった。胸に刺さった剣を摑み、公爵を睨んでいる。最期に何か言いたかったのだろうが、言葉は何も出ずにその場に倒れた。

仲間だろうか。自由民の男達が、口々に何か叫びながら押し寄せてくる。中にはドネルを助けようとするものもいた。

公爵は剣で近づくものを薙《な》ぎ払っていたが、その顔はまさに魔物のような形相になっていた。

「誰か、誰か止めてくれ。父上、いけません、もう誰も傷つけないで！」

このままでは公爵が、なぶり殺しにあってしまう。何とかしなければと焦るアーネストの前に、国軍の兵達が立ち塞がった。どうやら公爵を守るつもりらしいが、彼らの数より群衆のほうがはるかに多い。

そのとき、アーネストは背後から強く腕を引かれた。

「行くぞ」

「えっ？」

驚いて振り返ると、サイラスがアーネストを見つめていた。

「こんなところにいたら、なぶり殺しにされる」

サイラスは真剣な口調でそう言ってくる。

「そんなこと分かっている。だけど、父上を助けないと」

「兵隊達に任せればいい。行こう」

アーネストの手をしっかり握ると、サイラスは人混みをかき分けて歩き出す。

「待て、待ってくれ」

公爵の元に戻ろうと、アーネストは何度も背後を振り返り立ち止まろうとしたが、サイラスの力は強かった。

「黙れ、黙って前を見て歩け」

「でも、父上が」

「いいから、早く行こう」

わぁーわぁーと叫びながら群衆は、国軍の兵も恐れずに集まってくる。どうやらドネルが殺されたことが、少し遅れて離れていた者達にも伝わったからだろう。

さらに国軍の応援部隊がやってきた。事情など何も知らない国軍の兵は、集まった群衆に恐れを成したのか、いきなり馬上から誰彼構わず斬りつけている。そのせいで騒乱はますます激しくなっていった。

そんな中、サイラスは要領よくアーネストを、人の少ないところへと導いてくれた。

「どうして……こんなことに」

落ち着いてくると、新たに恐怖が蘇ってきて、アーネストの足はすくむ。歩みが遅くなったと知ると、サイラスは木陰にアーネストを引き入れ休ませた。

震えが止まらない。まるで悪夢の中にいるようだ。アーネストの脳裏で、公爵がドネルを刺した場面が何度も繰り返し蘇った。

サイラスはアーネストの肩に腕を回し、そっと抱き締めてくれる。それでもアーネストの震えは、いつまでも収まらなかった。

「ドネル先生が……あんなことをしていたなんて知らなかった」

誰にということもなく、アーネストは独り言のように呟く。

「私の家庭教師だったのを、公爵が追い出したんだ。そのことを今も恨んでいて、あそこで公爵を挑発したのだろうか？」

「あいつは……国民会院派で、革命推進の煽動家《せんどう》だ。何年も前から、ああやって民衆を呷《あお》ってる」

アーネストが知らなかったことを、サイラスはさらりと口にする。

庭師は愚かだなどと、つい最近まで思っていた。そのことをアーネストはここで強く反省した。サイラスはイラスはアーネストなどよりもずっと、世間のことを知っている。少なくともドネルの正体については、アーネストより詳しく知っているのだ。

「もしかしたら、私の噂を流していたのも、あの男だったのだろうか？」

サイラスはそうだとは言わない。けれど違うとも言わなかった。

ドネルが噂を流していることは、公爵の耳にも入ったかもしれない。それで憎しみは積もり積もって、今日の暴挙になったのだとしたら、アーネストは自分にも責任があるように感じていた。

「君も彼の演説を聴いていたのか？」

どうしてあの場にサイラスがいたのか、そのときになって初めてアーネストは疑問に思った。

以前からドネルの演説を聴いていたとしても不思議ではない。時折サイラスは、ドネルが話しているようなことを口にしたからだ。

「そんなことはどうでもいいさ。落ち着いたか？　だったら立ち上がれ。邸に帰ろう」

「駄目だ。あそこで何があったか、警備隊に説明しないと」

「そんな必要はないさ。貴族というだけで、罪はすべて許される。しかも相手は革命扇動家だ。むしろ公爵は、貴族の間では英雄になれるだろう」

「そんな……殺してしまったのに」

サイラスは何を否定したいのか、首を横に振りながらアーネストを立たせた。

「殺さなくてもよかったんだ？　そうだろ、サイラス？」

「公爵は、これまでだって裏で何人もの命を奪ってるさ。それとも、殺したのが愛《いと》しい家庭教師だったから許せないのか？」

とんでもない言いがかりに、今度はアーネストが激しく首を振る番だった。

「そうじゃない。相手が誰でも、人を殺したりしたら罪だ」

「ふーん。家庭教師の尻叩きの見事さが、今でも忘れられないのかと思ったよ」

「馬鹿《ばか》な……」

アーネストはサイラスの手を振りほどき、父の元に戻ろうとした。けれどいつの間にか壊れた馬車には火が付けられ、広場は群衆と兵の間で騒乱状態で、その中に戻っていくのは不可能だった。

「行くぞ」

再びサイラスが手を伸ばしてきて、アーネストの腕は摑まれた。そのまま引きずられるようにして、広場をどうにか抜け出した。

邸まではかなりの距離がある。伯爵邸に戻ろうかと思ったが、サイラスはそれを許さなかった。都からどんどん外れた方向に立ち止まらずに進んでいる。

「それで、外出嫌いのアーネストが、何しに都まで出てきたんだ？」

喧噪がかなり遠くになった頃、いきなりサイラスが訊いてきた。

「温室の苗が減っていることを、報告に行ったのか？」

そのとおりだったから、アーネストはただ頷くしかない。

「詮索するなと言った筈だ」

「そうだけど……」

「良い子になりたかったのか、アーネスト。だが、おまえが来たせいで、公爵はとんでもないことに巻き込まれたんだぞ」

サイラスの言うとおりかもしれない。アーネストが来なければ、公爵はもうしばらく眠っていて、出掛けることもなかったのだろうか。

「苗のことを報告しようと思ったけど、公爵には何も言っていない。義兄の伯爵に相談したら、苗を運び去った理由もよく分からないのに、泥棒扱いするなと注意されたんだ」

「そうか、伯爵は賢いな」

「言わないでよかった……。父上のあんな姿、見たことがない。きっと私が余計なことを口にしたら、ボルド達を斬り捨てただろう」

歩きながらアーネストは、頬に流れる涙を拭う。今頃になって、恐怖からなのか、悲しみからなのか、涙が止まらなくなってきていた。

「父上は……無事かな？」

アーネストのことを、決して愛してはくれない冷たい公爵だったが、それでもやはり父親だ。心配しないわけにはいかない。

「大丈夫さ。兵達が、必死で守っただろう。邸に戻っていれば、いずれ無事を知らせる手紙が届く」

サイラスに言われると、そんな気がしてくる。安心したのか、涙がやっと止まった。

こんなに歩いたのは久しぶりで、そろそろ足が痛くなってきた。休みたいと言おうと思ったら、サイラスはそのまま一軒の農家に入っていく。

「おや、モントレーの若旦那《だんな》」

太った農家の女房が、サイラスを見て満面の笑みで出迎えた。そこでアーネストは、聞き慣れない名前に眉を顰《ひそ》めた。

モントレーの若旦那とは、いったい誰のことだろう。サイラスはそんな名前だっただろうか。

「すまないが、馬を貸してくれ。それと……お茶があったら、飲ませて欲しいんだが。連れが、大分疲れているみたいなんでね」

「ええ、いいですよ。綺麗な兄さんだね。城のお小姓かい？」

女房はアーネストを見て言う。正直に身分を明かそうかと思ったが、サイラスが言わない限り、言ってはいけないのだと思って口にしなかった。

しばらく待っていると、ミルクで煮出した不思議なお茶が出てきた。そんなものを飲むのは初めてで、アーネストが不思議そうにカップの中を覗き込んでいると、女房は笑って教えてくれた。

「これは若旦那に教わった、異国の飲み方だよ。体が温まるからね」

「若旦那は、何でも知ってるんですね」

農家の女房相手に、アーネストは丁寧な口調で話し掛けた。

「ああ、何でも知ってなさるよ。だけど偉ぶらなくて、本当によく出来たお方だ」

サイラスは馬の様子を見にいっている。今なら、何かサイラスのことを教えてもらえるだろうか。そう思って話し掛けようとしたら、まずいことにサイラスが戻ってきてしまった。

「都は大荒れだ。しばらくの間、家を留守にはしないほうがいい。夜はしっかり戸締まりをしておくように」

まるで自分の領民のように、サイラスは心配していた。

「亭主や息子にも、浮かれて都の騒動なんて見に行くなって、よく言っておけ」

「おや、そんなに酷いことになってますかね？」

女房の顔には、不安そうな色が浮かんでいた。

「ああ、知らない人間は家に入れるな。用心しておけ」

まだ熱いお茶を、サイラスは勢いよく飲むと、アーネストに行こうと促す。もっとゆっくり、この異国風のお茶を楽しみたかったが、ここは従うしかなかった。

外に出ると、まだソバカスの残る少年が、馬に鞍《くら》を付けていた。少年はアーネストを見ると、顔を真っ赤にして目を逸らす。

「若旦那の思い人は、綺麗だね」

けれどサイラスに、思ったことを告げるのは忘れていなかった。

「ああ、綺麗だろ。実はこいつの正体は、温室育ちの薔薇なんだ。人間の姿になったけど、どうも歩くのは上手くなくてな」

サイラスはそう答えて、少年の手に駄賃の小銭を数枚握らせた。

「見慣れない人間に気を付けろ。家族を守るんだ。いいな」

少年は大きく何度も頷く。その顔には緊張感が溢れていた。

鞍が乗ると、サイラスは先にアーネストを乗せ、自分は後ろに乗った。それだとアーネストは、ずっとサイラスに抱かれるような形になってしまう。どうやらアーネストが後ろだと、振り落とされるとでも心配されたようだ。

一緒に乗っていると、アーネストの乗馬の下手さ加減が伝わっただろう。サイラスは馬をゆっくりと歩かせていた。

「これなら落とされる心配はなさそうだ」

アーネストの正直な告白に、サイラスは笑っている。

「サイラスは謎だらけだ。モントレーの若旦那？　それはサイラスの別名か？」

「ああ、そうだ。名前なら幾つも持っている」

「教えてくれ。君は、いったい何者なんだ」

ただの庭師だとはとても思えない。何か秘密があるのだろうが、それはいつアーネストにも分け与えられるのだろう。

「俺は……薔薇の所有者、ただそれだけさ」

「薔薇の所有者？」

「ああ、公爵家の美しい薔薇は、もう俺のものだ」

アーネストのことを言っているのだろうか。それとも本物の薔薇のことも、含まれているのかもしれない。

「何であの広場にいたんだ？　まるで自分の領民のようにしていた、あの農家とは、いったいどういう関係なんだ？」

「そんなことを知ってどうする？　思い人の家庭教師が死んだから、俺に対して関心が深まったのか？」

「とんでもない誤解だ。ドネル先生に、そんな気持ちを持ったことなんてない」

思慕の情などではなかった。ただ恐れていただけだ。その恐れが、妙な形で性欲に結びついてしまったけれど、今ならはっきりとあれは慕っていたからではないと言い切れる。

今になって思えば、折檻の様子から想像すると、ドネルのほうがアーネストに特別の思い入れがあったような気がする。そうでなければ、あんな執拗ないたぶりを子供に対してはしないだろう。

「扇動家としては優秀だったかもしれないが……子供をいたぶることが好きな、嫌な男だった」

「ドネル先生のことを、詳しく知っているのか？」

「詳しく、そうだな……貧しい子供は、僅かの小銭のために悪魔に身を任せる」

「まさか……サイラスも？」

同じようにドネルに叩かれていたのだろうか。そう疑ってしまったが、サイラスはきっぱりと否定した。

「俺は黙って叩かれるような、殊勝な子供じゃないさ。あいつの魔の手から、何人かの子供を救ったことならある。さっきの子供もその一人だ」

「えっ？」

「あの母親は、昔……俺の家の使用人だった。息子を攫《さら》われて、俺に助けを求めてきたんだ。そうして乗り込んだ先で、あの男の自慢話を聞かされたよ。公爵家の美しい若様を、自分の手で淫乱な悪魔に変えたってな」

「それは……嘘だ。わ、私は、悪魔なんかじゃない」

アーネストのことだろう。そこでアーネストは、またもや公爵がドネルを刺した場面を思い出し、全身を震わせた。

「嫌なやつってだけじゃない。ドネルは嘘吐きだったな。アーネストは、悪魔なんかじゃなくて、可哀相な子供のまま大人になっただけだ」

サイラスの言葉に、アーネストは救いを感じる。

そうだ、自分の中に今でもいるのは、傷つけられた哀れな子供の魂だ。

「だが、もう子供って歳じゃない。だから俺が、アーネストの呪いを解いてやる。俺が、おまえを生まれ変わらせてやるんだ」

どうしてそんな言葉を聞かせてくれるときに、顔が見えないのだろう。振り返りたいが、そんなことをしたら慣れない馬の背から転げ落ちそうで出来なかった。

だからアーネストは、心持ち体をサイラスに寄りかからせて、それとなく触れあう。すると首筋に、サイラスの唇が感じられた。

「本当のことを教えたいが、アーネストは不安になると、何でも話してしまうから、今は何も言わないでおく」

「どうして？　秘密なら守れるのに」

「守れないさ。自分がいたぶられるのは平気でも、他の誰かが目の前でいたぶられていたら、おまえは秘密でも話してしまう。そういう人間だ。だから、何も知らないほうがいいんだ」

そのとおりだ。いたぶられているのがたとえノーランでも、アーネストはきっと何もかも話してしまう。だからサイラスのことをもっと知りたくても、ここは訊かないでおくべきだった。

「一つだけ教えてくれ」

どうしても訊いておかないといけないことがある。答えによっては、自分が苦しむことになると分かっていても、アーネストは訊かずにいられなかった。

「私を……憎んでいるか？」

「なぜそう思う？」

「だって……あんな傷を……」

「憎くておまえをいたぶるんじゃない。むしろ逆だ。おまえがあれを好きだからしてるのさ」

おかしなことを言い出されて、アーネストの顔は一気に熱が出たように赤くなっていた。

「お上品にご機嫌伺いなんてしていたら、アーネストを抱くまで二十年は掛かる。そうなったら、綺麗な花も枯れてしまうだろ？」

「そんなふうに見ていたのか……」

「おまえにはまだ何も分からない。だが、それでいいんだ。迷ったりせずに、俺に従っていればいい」

子供扱いはしないで欲しいが、やはりサイラスから見たらまだまだ子供なのだろう。サイラスの正確な年齢すら知らない。年上なのは分かるが、どこで生まれ、どんなふうに暮らしてきたのか、知りたくても教えてはくれそうになかった。

「いいか、こうして進んでいる間に、道をよく覚えろ」

「……真っ直ぐだけど」

うねうねと続く道は、主要な街道とは違うようだ。見えるのは畑地と牧草地ばかりで、行き交う荷馬車もなかった。

「途中で分かれ道になる。そこの目印をしっかり覚えておくんだ」

「なぜ？」

「俺がいないときに、もし何かあったら……あの農家、ジェムズの家に隠れろ」

そんなことになる筈がないと思ったが、先ほどの王城前広場の騒乱を見た後では、あるいはという気にもなってしまう。

「ジェムズの息子には、アーネストは俺の思い人だと言ってある。だが、馬鹿正直に自分の身分や本名は名乗るな」

こんなときに、どうしてそんなことを言い出すのか。理由はきっとあるのだ。詮索をしてはいけないから、ここは言われたことをしっかり頭に叩き込むしかない。

「おまえは絵描きで、名前はアランだ」

「絵描き……」

「売れていない絵描きだ。ジェムズの家の壁に、猫でも鼠でもいいから描いてやれば、誰も疑わない」

絵描きと名乗れるほど、自分の絵は上手いだろうか。自分ではいつも仕上がりに満足していたし、もしかしたら特別な才能があるのではないかと思ったりもするが、一度として褒められた経験がないので自信が持てない。

「偽物の身分を名乗ったりすることにはならないと思うけど」

「そうだな。そうならなかったら、笑っていればいいさ。だが、もし何かあったら、今、言ったことを忘れるな。そして足が痛くなっても歩き続けるか、馬に振り落とされるのを覚悟で乗るか、ともかく邸から逃げ出せ」

サイラスは確信を持った言い方をしている。やはり何か知っていて、いずれ起こることも見当が付いているのかもしれない。

曲がり角を二カ所、そこを過ぎるとアーネストにも見覚えのある風景になってきた。そしてついには、遠くの丘に公爵邸の姿が見えてきた。

「美しい城だ……」

改修を重ね、代々受け継がれてきた城だ。王城のような派手《はで》さはないが、優雅な佇まいを見せている。こうして遠くから眺めると、余計に城の美しさが感じられた。

邸に近づくと、微かに甘い花の香りが漂ってくる。路地植えの早咲きの薔薇だ。

「私には、ここしか生きられる場所がないんだ」

一度として、ここから出て行きたいと思ったことはない。アーネストにとってこの邸は、生まれ、そして死ぬ場所だった。

「もし、逃げなければいけないような事態になっても……私は、残る」

ここを出て、そしてどこに行くというのだ。サイラスのように逞しく生きられる男なら、どこで暮らしても生きていけるだろう。だがアーネストは、この地でしか咲けない薔薇と同じだ。他所《よそ》に行っても生きられる自信などなかった。

「ここは私の王国だ。薔薇を描くことしか出来ない私が棲む場所だ。ここで死ぬのなら、悔いはない」

たとえ偽りでも、利用されるだけの関係でもいい。サイラスと出会えたことは、アーネストにとって幸せだった。

苦しい恋ではあるけれど、出会えなければ知ることもなかった熱い想いは、この後もアーネストの大切な財産になるだろう。

サイラスは黙っている。偽の身分を与えてやったのに、拒否したことを怒っているのだろうか。

「サイラス、私に何かしてあげられることはあるか？」

「してあげるだと。無力なおまえに何が出来るんだ」

冷たく言われて、アーネストはサイラスがやはり怒ったのだと思った。

「そうだな。私には、何もしてあげられない……」

何も出来ないアーネストでも、せめてサイラスを愛することだけは、許してくれないだろうか。そう言いたかったけれど、アーネストはその言葉を呑み込んだ。

サイラスはアーネストに愛して欲しいわけではないだろう。何か、アーネストなどには想像も出来ない理由で、利用しているのに違いない。

薔薇泥棒がサイラスの目的なら、二度と公爵に告げ口しようなどとしないことだ。それしかアーネストがサイラスのためにしてあげられことが思いつかない。

邸の前に着くと、サイラスは馬を下りてから、アーネストが下りるのを手助けしてくれた。それがすむと、また馬に乗ろうとしたので、アーネストは思わずその腕を摑む。

「どこへ行くんだ？　馬を返しに行くのか？」

「……まぁな」

「だったら私の馬を連れていくといい。帰りはそれに乗ってくればいいだろう」

アーネストの申し出に、サイラスは口元を歪ませて苦笑する。

「おまえ、人を疑うってことを学んだんじゃなかったのか？」

「えっ？」

「俺がそのまま、馬を盗むとか思わないのか？」

「ああ……そうか、馬を売りたければ売ってもいい。とてもいい馬らしいが、私には乗りこなせない。あのまま厩舎《きゅうしゃ》で一生を終えるのは可哀相だ。どこかで活躍出来るなら、馬も幸せだろう」

アーネストの返事に、サイラスは呆《あき》れたようだ。

「おまえ、本気で言ってるのか？」

「嘘は下手だ。私が嘘を吐くと、何もかもが上手くいかなくなる。だからもう、サイラスには嘘は吐かない」

嘘偽りのない、正直な気持ちだった。だがサイラスからしたら、馬をただであげてしまうというのは、考えられないことだったのだろう。

「いいのか？　公爵にまた叱られるぞ」

「いいんだ。薔薇は公爵のものだから問題だったが、馬は私のものだ。だから私がどうしようと構わないだろう。叱るのなら、叱ればいい。殺したければ……殺せばいいいんだ」

そこでまた恐ろしい場面が蘇り、アーネストは叫びそうになった口元を抑える。

「馬はあげよう。だからということではないんだが……お願いがある」

「何だ？」

「今夜は……一人になりたくない。きっと悪夢を見る。たとえ眠らなくても、何度もあの場面を思い出すだろう。辛いんだ……」

またもや震えだしたアーネストは、サイラスに縋《すが》り付く。するとサイラスは、思っていたよりずっと優しく抱いてくれた。

「分かった。それじゃ、まずこの馬を厩舎で休ませよう」

サイラスは再びアーネストを馬に乗せると、自分は馬の手綱を引いて歩き始める。そうしていると、いかにも主とその使用人といった感じになっていた。

根拠は何もないけれど、ここでサイラスが出て行ったら、二度と戻らないような気がしていた。

ここはサイラスのいるべき場所ではない。いずれサイラスは、自分のいるべき場所に帰るのだ。それは明日なのかもしれなかった。

空を見上げると、淡いピンク色の雲が漂っている。夕暮れになると自然が見せてくれる、素晴らしい空の変化が始まるのだ。

やがて西の空は、燃えるようなオレンジ色の光りで溢れるだろう。そして東では、青色から藍色《あいいろ》へとどんどん空は色を濃くしていって、夜の来訪を告げる。

星も瞬き始め、痩せ細った月がこっそり森の影から顔を出すだろうか。

夜が来る。アーネストはここ数日、夜の訪れを楽しみにしていたのに、今宵《こよい》は違っていた。終わらない夜ならいい。けれど夜は明けてしまう。

それはすべてが終わってしまうことに繋がるような気がして、アーネストは悲しくなっていた。

褥《しとね》の周りは薔薇だらけだ。大きな花瓶に活けられた薔薇が、得も言われぬ香りを立ち上らせている。

アーネストは薔薇の一枚を手にすると、花びらを散らしてベッドの上を飾った。

「何の呪いだ？」

サイラスは花びらを一枚手にして、香りを嗅ぎながら訊いてくる。

「ドネル先生の霊が、二度とここに来ないようにだ」

薔薇の花びらにそんな効果があるなんて、アーネストだって聞いたことがない。けれど何かをしなければ、禍々《まがまが》しいものの影から逃れられないような気がしていた。

「呪いが効くといいな。あいつは死んだのに、アーネストはまだやつに心を支配されているんだから。今でも、あいつが一番おまえの心を占めている」

「そんなことはない。ドネル先生がいたのは、もう何年も前のことだ。とうに忘れている」

「そうか？」

疑わしそうに言うと、サイラスはアーネストのシルクのタイを解き、シャツを脱がし始めた。

「……あ……そんなことは、自分でするから」

「自分でやったら駄目なんだ。それじゃおまえの魂は震えない」

シャツの前がはだけて、素肌が外気に触れた瞬間、アーネストの内部で情欲に火が着き始めた。

自分でやったらこの興奮はないと言われたら、確かにそうなのかもしれない。

「ドネルは優秀な煽動者だったな。無学な人間でもあいつの話を聞いていると、何でも分かったような気がしてきて、賛同するようになる」

「街頭であんなことをするようになったのは、いつから何だろう」

「五、六年前からだ。自分では革命家を気取ってたが、所詮、王制反対派に利用されただけさ。もうあいつのことで悩むことはない。公爵がやらなくても、いずれ誰かに殺されていた」

「そんな……」

シャツの背には、うっすらと血が滲《にじ》んでいた。それを手にして、サイラスはアーネストに突きつけてくる。

「この痛みを与えたのは誰だ？」

「サイラス……君だ」

「そうだ。ドネルじゃない」

もうその名前は、この部屋から消して欲しかった。そして過去から自由になりたいのだ。

もう叱責に怯える子供じゃない。情欲を抱く度に、黒い影が耳元でそれはいけないことだと囁く。

そんなことはもう終わりにしてしまいたかった。

「俺がアーネストの支配者だ。だからもうやつのことで、心を悩ませるのはやめろ」

アーネストはそこで何度も頷く。するとサイラスは、先ほど外したタイでアーネストの両手首を縛り付けてしまった。

「そこに跪け、アーネスト」

ベッドは目の前にあるのに、そこに横たわることは許されないらしい。アーネストは素直に、手を縛られたままの姿で跪く。

「おまえに相応しい屈辱を贈ってやろう、アーネスト」

そこでサイラスはズボンを脱ぎ、自身の性器をアーネストに見せつけた。

「よく見ろ。おまえの中に入っていいのはこれだけだ。分かってるな」

目を逸らしてはいけないだろうか。だが他の男のものなんて、直視していいものにはとても思えない。

「見るんだ、アーネスト」

まだ萎えたままのものを、アーネストはちらちらと上目遣いに見るだけが精一杯だった。

「おまえの口で、こいつを清めろ」

「えっ……」

まともに見ることすら出来ないものを、どうやって口で清めるなど出来るのだ。アーネストが怖《お》じ気《け》づくと、サイラスは近づいてきて、アーネストの髪を摑んだ。

「おまえの魂を清めるには、これが必要なんだ。そうだろう、アーネスト？」

「無理だ……そんなこと出来ない」

「出来ないじゃない。やるんだ、アーネスト。その舌でこいつを清めろ」

ドネルよりもサイラスのほうが、やらせることが酷だと思えたが、それはアーネストがもう大人になっているからだろう。サイラスがドネルと決定的に違うのはそこだ。

ドネルは抵抗出来ない無力な子供をいたぶって楽しんでいたが、サイラスが相手をしているのは成人しているアーネストなのだから。

逃げようと思えば、いつだって逃げられる。なのにアーネストは決して逃げようとはしない。サイラスの望むまま、痛みと苦しみにこの身を捧《ささ》げていた。

乱暴に引き寄せられ、アーネストはサイラスの性器に顔を近づけていた。

「どうすればいいのか分からない」

「簡単さ。母犬の気持ちになればいい」

何て罪深い行為だろうと、アーネストの全身は震えた。けれどサイラスからは、相変わらず罪悪感など微塵《みじん》も感じられなかった。

「古の男達は、男同士でこうして楽しんでいた。今だって、異教徒の国ではみんな楽しんでいる。これをいけないことにしたいのは誰だ？　王と教会だろ」

では、こうしているのは、王や教会に対する反逆行為になってしまう。

「どうしたアーネスト。こんな屈辱では生温いのかな。また、薔薇で折檻されたいのか？」

「それだけは、嫌だ」

薔薇の花は、人を辱めるために咲いているのではない。人を癒すために咲いているのだ。たかが花の尊厳を守るために、アーネストは無心になってサイラスのものに唇を寄せる。

こうしてサイラスの欲望のために奉仕することが罪なら、とうにアーネストは裁かれているだろう。けれどいつまで待っても、神の裁きは行われずアーネストは許されたままだ。

「うっ……」

キスですらまだ慣れていない唇が、いきなり思ってもいないものをあてがわれている。母犬の気持ちには、そう簡単になれるものではなかった。

「舐めろよ、アーネスト」

サイラスは焦《じ》れていない。むしろアーネストが途惑えば途惑うほど、それを見て楽しんでいるようだ。

「うっ、ううう……うっ」

どうにか舌先で、サイラスのものの先端を舐めることが出来た。けれどそれだけで許されるというものではない。さらにアーネストは覚悟を決めて、舌の奥にサイラスのものを導かねばならなかった。

「ううう……ああっ」

屈辱の行為なのに、おかしな興奮がアーネストを包み始める。舌で感じていることが、そのまま全身へと広がっていくような気がするのだ。

「んっ、ああ……」

目を閉じ、両手を縛られた不自由な姿勢で跪いているのに、アーネストの興奮はどんどん高まっていく。気が付けばアーネストの性器は膨らんできていて、それと同時にサイラスのものも堅く、大きく膨らんでいた。

「呑み込みが早いな、アーネスト。上手いじゃないか」

「んっ……んん」

どうしてしまったのだろう。アーネストはさらにせっつくようにして、サイラスのものを口中にしっかりと含んでしまった。

そんなこと誰にも教えられていない。なのに体が勝手に、サイラスが喜びそうなことに向かって動いていた。

「おい、どうしたんだ。まるで飢えた獣だな」

「ああっ……んっ、んんっ」

これは他の誰のものでもない。サイラスのものだと思うと、愛しさが溢れてくる。屈辱を与えるためにこんなことをさせたのだとしたら、サイラスは失敗したのだ。アーネストは無心になって、行為そのものを楽しんでいる。

「興奮し始めると、アーネストは変わるんだな」

「あ、ああ……」

そうなのかもしれない。どんどん思考力は低下して、頭の中は真っ白になっていった。

「いつもそうだ。終わりの頃には、気を失いそうになってる」

サイラスは両手でアーネストの頭をしっかり押さえ込むと、これまでと違い自ら激しく腰を振ってきた。そのせいで喉奥に当たり、何度もアーネストは吐きそうになったが、必死に耐えた。

「良い子だな、アーネスト。んんっ、良い子には、ご褒美だ」

そこでサイラスは自身のものをアーネストの口中から引き抜くと、勢いよく飛び出したものを浴びせかけてきた。

「あっ……ああ」

慌てて目を閉じてしまった。顔面を生温いものが滴っていくのが感じられる。恐る恐る目を開けると、じっと見つめてくるサイラスと視線が絡んだ。

「もっと嫌がるかと思ったが、楽しんでたな、アーネスト」

「……」

アーネストの汚れた顔を、サイラスは自分のハンカチでさっと拭ってくれる。そうされているうちに、アーネストも少し落ち着いてきた。

「きっと私は……おかしいんだ。ドネル先生には、未来の私のこんな姿が見えていたのかもしれない」

「そうだな。ドネルは自分が流していた噂どおりに、アーネストがとんでもない淫乱に育つと思ってたんだろう」

そこでアーネストは項垂《うなだ》れる。欲深い自分の肉体が忌まわしい。なのに興奮したものは、解放され

た。

「あっ！」

サイラスはそう言うと、アーネストの顔を上に向けさせて、いきなり頬を思い切り平手で叩いてきた。

「こういったことが好きでもいいさ。だが相手を選べ」

「おまえの体は、喜ぶ方法をもう見つけてしまった。だからといって、男も女も、見境なく相手にすることを望んでさらにアーネストを苦しめた。

るんじゃない」

「そんなことしない。サイラスだけだ……」

「約束しろよ、アーネスト。明日にはおまえの許嫁がここにやってくる。今はまだ子供だけどな。いずれ大人の女になるんだぞ。それでもおまえは……何もしないと誓えるのか」

アーネストはそこで大きく目を見開いた。

ハンナは永遠に子供のままだと思った。けれどいつかは大人の女性になる。そうなったときに、アーネストがハンナに手を出さないと、サイラスには思えないのだろう。

「女としたいか、アーネスト。鼠の番《つがい》みたいに、この邸で巣籠もりして、せっせと王族のための子作りに励むのか！」

「しないっ、そんなことは、絶対に……しない」

「そうか、ならアーネスト。その体に、誓約の印を刻んでやろう」

サイラスはそこで、活けられた薔薇の中から一本の枝を手にする。それで何をするのかが分かって、アーネストは悲しげな抗議の声を上げた。

「お願いだ……それだけは……」

「おまえを抱いていいのは俺だけだ。たとえ俺が側にいなくても、アーネストは他の誰ともこんなことをしてはいけない」

「約束する。約束するから」

従順になっているのに、サイラスはそこでやはり薔薇の鞭をふるう。アーネストの肩には、新しい傷が出来た。けれどそれと同時に、アーネストは自分の下半身が即座に反応してしまったのを感じた。

「あっ……」

これこそが本当の屈辱だ。

優しい抱擁を待たずに、薔薇で打たれて果ててしまうなんて、何という屈辱だろう。

「どうした？　震えてるな」

「……」

「優しくして欲しくなったか？　いいだろう。ベッドでは恋人らしく振る舞ってやるよ」

サイラスはアーネストの腕を自由にし、ベッドの上にその体を放り投げてくる。そしてサイラスの手がズボンに掛かった。アーネストは小さく悲鳴を上げる。屈辱の印を見られたくなかったのだ。

「傷が痛むのか？」

「そ、そうじゃない、痛むけど、そうじゃなくて」

「恥ずかしいことなってるんだろ？」

すでにすべてを見通しているように、サイラスは笑って一気にアーネストの下半身を灯りの下に晒した。

「あっ、あああ」

「もう汚してるのか？　待つことも覚えろ。そうだな、次からは、俺の許可なく勝手にいくことは禁じよう」

すでに果てているのに、サイラスの手が強くアーネストのものを握った途端に、再び硬度が増すのをアーネストは感じた。

何て罪深い体なのだろう。サイラスとの誓約がなかったら、肉欲に目覚めた自分が、どこまでも墜《お》ちていきそうで怖くなってくる。

「まだ怖いか？」

「えっ？　あ、ああ……」

いったい何を恐れていたのだろう。そういえば、ドネルが悪霊となって襲ってくるのではないかと、怯えていたような気がする。

ドネルの死は曖昧な印象しか残っていなくて、今では夢で見たような感じしかなかった。

「怖くはないよな。男の体は正直だ。恐怖の前では縮み上がる」

「もう、怖くはない。きっと彼の魂は、天に召されたんだ」

「天に？　地獄に堕ちていったの間違いだろ？　こんなことばかり、子供相手にやっていたようなやつが、天に昇れる筈はないさ」

サイラスはアーネストの体を横向きにすると、つるりと尻を撫で始めた。

「あっ……」

そうされるのが好きだと知っていて、サイラスはやっている。続けて叩かれたら、アーネストはまた恥ずかしくも興奮してしまうのだ。

こんな楽しみを教えてくれたのに、サイラスからは愛の言葉は一言もない。いつか聞けるのだろうか。それともそんなものは、二人の関係には不要なものなのだろうか。

夜の明ける前に、サイラスはアーネストのベッドから出て行った。アーネストは起きていたけれど、わざと眠っているふりをして、別れも言わなかった。

別れを口にしたら二度と会えなくなってしまいそうで、言えなかったのだ。

そのうち邸の中が、いつもの花の香り以外の甘い匂いで包まれ始めた。ハンナがやってくるので、料理人達が甘い菓子を焼き始めたのだろう。

「そうか……王女、私の許嫁がやってくるのか」

のろのろとベッドの上に起き上がったアーネストは、王女の王配となるのに相応しくない、呪われた体を自分の腕で抱き締める。

ずっとママゴトの夫婦でいればいいと思った。その代わり、ハンナの日常をより楽しいものにして、幸せに感じて貰えるように努力すればいいのだ。

まずは華やかな衣装に身を包もう。そして笑顔でハンナを出迎えるのだと決めたアーネストは、呼び鈴を鳴らす紐を引いてノーランを呼んだ。

しばらくしてやってきたノーランは、まだ眠そうにしながら窓に下がったカーテンを開いていく。すでに外には朝靄が広がっていて、窓の外はミルクの雨が降っているかのようだった。

「若様、庭師が若様の馬まで連れて行きましたが？」

「ああ、いいんだ。訓練ついでに、少し乗ってもらうことにしたから」

下手な嘘をまた吐いてしまった。だがサイラスとの関係を詮索させないためには、それもしょうがないことだった。

「今日は王女がお見えになる。すまないが入浴したい。湯を用意してくれ」

「はい……それにしても庭師達は、どこに行ったんでしょうね？　温室も火を入れなくていいんですか？　昨日から誰もいませんよ」

「そ、そうだな。何か直しているんじゃないか」

やはり嘘は上手くない。そういえば昨夜、サイラスは一度も温室に入らなかった。本当に、二度とここに戻らないつもりだったのかもしれない。

「若様、あの……寝間着の背中に、血が付いているみたいですが」

「えっ？　あ、ああ、実は昨日、公爵と一緒にここに戻るつもりだったが、広場で馬車が壊され、しかも焼かれて大変なことになったんだ。そのときに、怪我をしたのかもしれない」

サイラスに所有されている印だとは言える筈もなく、またもやアーネストは下手な嘘を重ねる。

「群衆が騒ぎ出して、恐ろしかった」

そこまで話すと、途端にノーランの表情は生き生きと輝き出す。どうやらそのときの話を聞きたくて、うずうずしていたらしい。

「料理人頭から少しだけ聞きましたが、やっぱり本当だったんですね」

「たまたま庭師がいたので、私は助けられたが……公爵は無事だろうか……」

アーネストが無事に戻ったことは伯爵邸に知らせたが、公爵のその後の様子などはまだ何も知らされていない。悪い知らせがないということは、公爵が無事だということなのだろうか。

問題があれば、そのうちに誰か知らせに来るだろう。それよりも今しなければいけないのは、ハンナを丁重に迎え入れることだった。

「大勢で殴り合いをしていたと聞きましたが」

「そうだな。私は逃げるのが精一杯で、その後はどうなったのか見ていないいんだ」

それを聞いたノーランは多少不満そうだったが、僅かでも耳にした情報を少しでも早く皆に伝えたいのか、いそいそと部屋を出て行った。

邸内もどこかいつもと雰囲気が違う。ハンナが来るからというだけではない。やはり公爵が、元はこの邸の家庭教師だったドネルを殺してしまったことが、噂として流れてきているからではないか。

けれど誰もアーネストに、面と向かって詳しいことを訊ねるような勇気はないのだ。

もっと詳しいことは、ハンナを送ってくる侍従からでも聞こうと思った。

しばらくするとノーランは、まだ少年のような下働きの若者を従えて、湯の入ったじょうろを運んできた。

「いつもなら温室に湯があるのに、庭師達がさぼってるからな」

ノーランは年上らしく、若者にいかにも分かったような口を利いている。

「見慣れぬ顔だな」

アーネストだって全員使用人を知っているわけではないが、その若者を見るのは初めてだった。

「公爵様がいらっしゃらないからですかね。使用人が、何人か勝手に辞めてしまったんですよ。それで、俺の従兄弟を急いで呼んできて手伝わせてるんです」

「そうだったのか……」

そこでアーネストは、わーわーと叫びながら迫ってきた群衆を思い出す。その中には、この家の使用人のような男達も大勢混じっていた。

「辞めたやつらや庭師の連中、広場で殴り合いをしているかもしれませんね」

何も考えずにノーランはそんなことを口にしているが、あるいはそんなこともあるかもしれない。ともかくこれまでアーネストが見たこともないほどの群衆の数だった。

「王女が無事に到着されるといいのだが」

本当ならアーネストが王城までハンナを迎えに行くべきなのだが、一番いい馬車を壊されてしまったからそれも出来ない。もっとも馬車があったところで、アーネストは行かないだろうが。

「皆にも、粗相がないように気を配るよう、伝えておいてくれ」

「畏まりました」

従兄弟が見ているからだろう。ノーランはいつもより丁寧に腰を折って挨拶すると、優雅な歩き方で出て行った。その後を若者は、きょろきょろ周囲を見ながら付いていく。

「そうか……使用人もいなくなっているのか」

何だか嫌な予感がした。沈む船から逃げ出す鼠の話が、脳裏を駆けめぐっている。

「この邸は、沈む船なのかもしれない」

アーネストはそこで寝間着を脱ぎ、裸になって湯の中に身を浸した。

「んっ……んん」

背中の傷に湯が滲《し》みる。すると突然、温室にもサイラスはいないことが思い出された。

「これで終わったのかな……」

腕に残る戒めの跡を撫でる。そうしているうちに、はらはらと涙が湯の中に零《こぼ》れ落ちた。

あんなに自分のものだと言うくせに、サイラスは先のことを何も口にしない。明日には動乱が起こって、お互いに命を失ってしまうかもしれない。そう思っていて、未来に口をつぐんでいるのだろうか。

このままサイラスがどこかに行ってしまったら、アーネストには探しようもない。だったらサイラスのことは諦めて、ハンナとママゴトの夫婦らしく暮らしていけばいいのだろうが、それすらサイラスは快く思ってはいなかったようだ。

ハンナもいつか大人になるが、そんな先のことまでサイラスが心配しているのが謎だった。そこでアーネストは、どうしてあんなことをサイラスが口にしたのか考えてみる。すると一つだけ、もっともそれらしい答えが見つかった。

「ハンナ王女の子供……正しい王家の血筋が絶えることを、サイラスは狙っているんだろうか」

だったらサイラスも、ドネルと同じ革命組織の一員だと思えてくる。

ドネルのことを利用されただけだと言っていた。それだけではない。あの農婦の息子がドネルに攫われたと知っていて、助けに行けたのか。そのあたりも突き詰めて考えれば、元々はサイラスもドネルの仲間だったのではと思えてくる。

ただの庭師ではないと思っていたが、革命組織の戦士だったとしたら頷ける。

「どうして……そんなことをするようになったのかな」

もし革命組織の戦士なら、王や貴族を憎んでいる筈だ。公爵だけでなく、アーネストも憎しみの対象の筈だった。

自分に惚れさせ、アーネストの肉体を男としか楽しめないように改造することを、サイラスは狙ったのだろうか。それなら上手くやったことになる。

「ハンナ王女と婚姻しても、何もしなければ子供は生まれない……」

この国は庶子が王位を継続することを嫌う。どうしても世継ぎが生まれなくて、庶子に継がせる必要があるときには、王はまず王妃を離縁し、庶子の母親と再婚するのだ。

「陛下は再婚なさるだろうか……それとも」

群衆の姿が、またもやアーネストの脳裏に蘇った。

もしあの群衆が、王の乗った馬車を襲ったらと思うと、恐怖から叫びそうになる。

「サイラスは……何か知っているのかもしれない」

王を暗殺する計画があるのかもしれない。もし王がいなくなったら、残る正しい王位継承者はハンナだけになり、その許嫁との間に生まれた子供が、次代の王となるのだ。

「まさか、嘘だ。考えすぎだ。利用するだけだとしても、そんな目的で私を抱いたんじゃない」

アーネストはそっと肩に触れる。もっとも新しい傷からは、まだ鮮血が滲んできていて、指先が赤く染まった。

ドネルがアーネストとのことを口にしなければ、サイラスもアーネストの性癖を利用しようなんて思わなかっただろう。サイラスとドネルが出会ったことで、新しい渦が生まれてしまい、そこにアーネストも引きずり込まれていくのだろうか。

「ハンナ王女を守らなければ。本物の夫婦にならなければ、命を狙われることはない筈だ」

無心に笑うハンナの笑顔が蘇る。理不尽な理由で、消し去っていい命とはとても思えなかった。

王の真意が分からない。これは王女であるハンナの輿入れではないのか。なのにまるでそれらしさはなく、近くの保養地にふらりと遊びに来たかのようだ。

警護の兵まで少なく、たった二人の老兵しかいない。後は子守りの女性と、侍女が二名だけだった。さぞや大勢の人間が、ハンナと共にやってくるのだろうと思っていた公爵家の使用人は、あてが外れて当惑している。

この程度なら、いつもの来客を接待するのと変わらない。いや、貴族によっては、もっと大勢の使用人を連れてくることがあったから、かなり見劣りのする人数だった。

連日、大騒ぎして出迎える支度をしたのにと、最初のうちはがっかりしていたが、数日するとハンナの無心な笑い声が、使用人達にも自然と笑いを誘うようになっていた。

ハンナが特に気に入ったのは、小動物がいる柵の中に入って、ウサギや子ヤギと遊ぶことだった。ドレスが汚れるのも構わず、いつまでも柵の中で遊んでいる。しまいには動物達のために用意した飼い葉まで、真似して食べそうになるので、常に誰かが側で監視していなければいけなかった。

一番世話をしているのはやはりアーネストだからなのか、その姿が見えないとすぐにハンナは探し始める。おかげでアーネストは、日中はずっとハンナと共に、小動物のいる庭にいなければいけなかった。

今日も大きな日傘の下で、アーネストは写生をしながらハンナを見ている。花だけでなく、動き回るハンナという新たな題材が加わっていた。

「ネト、ふわふわ、ちろいの、ちかまえて」

白いウサギがお気に入りらしいが、ウサギは敏捷でそう簡単には捕まらない。悪戦苦闘の末にハンナは、いつでもアーネストの助けを求めてきた。

そこでアーネストは画材を置き、柵の中に入ってハンナと一緒にウサギ狩りを開始する。

大騒ぎの末にやっと目当ての白ウサギを捕まえると、アーネストはそっとハンナに抱かせてやった。

「いいですか。抱いているとき、動いたら駄目ですよ。ウサギが怖がるから」

「んっ、んっ」

きっと撫で回したり、ぎゅっと抱き締めたりしたいのだろう。けれどそんなことをしたらウサギが逃げてしまうから、ハンナは口をしっかり引き結んで、真剣な顔をして耐えていた。

アーネストはハンナのことを、実の兄のように優しい目でじっと見守る。妻や恋人としてではなく、妹か娘としてなら、ハンナを誰よりも愛せる自信があった。

サイラスに抱いたような想いを、いつかハンナに対して抱けるようになるだろうか。

あの日早朝に出て行ったまま、数日が過ぎたがサイラスは未だに戻って来ていない。

アーネストの馬を売って金を手に入れたから、疚しい気持ちになって戻れないのだ。単純にそう考えるほうがいい。王制を倒すために、革命の戦士として戦うのが忙しく、ここには戻らないと考えるよりは、ずっと安心出来る。

ハンナがいなかったら、もっと辛かっただろう。こうして遊んでいる間は、アーネストも童心に戻れて、何もかも忘れられた。

ウサギはハンナの腕の中から逃れて、勢いよく跳ね回る。ハンナは悲しさに、目にいっぱいの涙を浮かべるが、声を上げて泣き出しはしなかった。

欲しいものをやっと手に入れた。けれどそれは、すぐに腕の中から逃げてしまった。取り戻したくても、相手は自由に動き回るものだから、そう簡単には捕まらない。

何だか、自分とサイラスの関係のようだ。

アーネストはハンナに近づき、そっと抱き上げた。

「ハンナ様、そろそろウサギ達も昼寝の時間でしょう。今度は私と、絵を描いて遊びませんか」

「んっ……」

別の楽しいことがあれば、辛さなんてすぐに忘れられる筈だ。ハンナを抱いて、アーネストは邸内に戻る。そしてハンナのために用意された部屋に行くと、バルコニーに誘い出した。

「ほらっ、真っ白でしょ。ここにね、こうやって木の枝で絵を描きましょうね」

バルコニーには、白砂を大きな盥に入れたものが用意されていた。ハンナにも好きなだけ絵を描かせてあげたいが、絵の具や紙はとても高価だ。それよりも何度でも描いては消せる、砂のほうがいい。

「ウサギですよ。子ヤギも」

そこでアーネストは、砂の上に見事にデフォルメされた動物を、手にした小枝で描いた。

「ふわふわ、ちろいの」

ハンナはきゃっきゃっと声を出しながら、自分も真似して滅茶苦茶な線を砂の上に描く。誰にもその線はウサギに見えないが、ハンナにとってはウサギなのだ。

庭師を装った謎の男に、本気で恋をするなんて馬鹿げたことだと誰もが思うだろう。けれどアーネストにとっては、滅茶苦茶な線がウサギであるように、その馬鹿げた想いこそが真実なのだ。

背中と肩の痛みは、もうすっかり癒えてしまった。痛みのある間は、まだ近くにサイラスがいるよう感じがしていた。それがなくなると同時に、サイラスの存在さえ消えてしまいそうで悲しかった。

傷はまだ残っているが、鏡に映して見ることしか出来ない。模様ともいえないミミズ腫れを見ていると、そこに何か意味があるのかとつい考えてしまう。

「ネト、こりはネトよ。ネト、ンナ、描いて」

丸く描かれた線は、どうやらアーネストらしい。ハンナはきらきらと輝く瞳で、アーネストの手元を見ている。期待を裏切ってはいけない。そこでアーネストは、ふわふわの髪をした、愛らしい少女の姿を砂の上に描いてみせた。

「ハンナ様、お茶にいたしましょう。アーネスト様もお疲れでしょうから」

子守りがハンナを誘う。お茶となると甘い菓子が食べられるから、ハンナは素直に従った。侍女がハンナの手を洗っている間に、子守りはアーネストにそっと打ち明けた。

「お城にいらした頃は、あのように活発になさっておりませんでした。よくお話するようにもなられましたし、何よりでございます」

「そうですか、それはよかった」

「ですが、アーネスト様。一日、ハンナ様のお相手をなさっておいでては、ご自身のことをされるお時間がございませんでしょう?」

「いや……別に、私にはしなければいけない執務は何もないから」

ハンナの相手をすることと、絵を描くこと、そしてサイラスを想う他にアーネストにはすることがない。

一番大切にしていた絵を描くことにすら、今は興味がなくなっていた。

体の痛みが失せていくのと逆に、心の痛みがどんどん増していく。薔薇を見るとさらに痛みが増した。サイラスへの記憶に繋がってしまうからだ。だから今は、薔薇を描くことは出来ない。せいぜいハンナの姿を写すくらいしか出来なかった。

日中はこうして気を紛らわせることが出来るが、問題は夜だ。もう灯りが灯ることのない温室を眺め、眠ることもせずにじっとしている。

時折視界を過ぎるものがあってはっとするが、それは夜になると庭内に放たれる犬達の姿だった。

サイラスも戻らないが、ボルドを始めとする庭師達も誰一人戻って来ない。温室に火を入れられず、残ったものの中にはすでに枯れ始めたのもあって、見るからに悲惨《ひさん》な状態になっている。

公爵が戻る前に、別の庭師を雇い入れて、どうにかすべきかもしれない。家令のスチュワートにだけ内情を打ち明けて、こっそりと進めてしまうというのはどうだろう。

ハンナはよく遊んだせいか眠気を催し、お茶の後は軽く昼寝をする。その間にアーネストは、再び庭に出て温室に向かった。

すると日中だというのに放たれていたのか、犬達が寄ってくる。

「そういえば、君達と散歩することも、すっかり減ってしまったな。歩かないし、足湯をしてくれる男もいない。これだから眠りが浅いんだ」

温室内に入ると、今は誰に遠慮する必要もないからか、犬達もついてきた。

人が入ってきたら、ギャーギャー鳴いて出迎えた鳥の声もしない。どうやら庭師達は、最初からここに帰らないつもりで出て行ったようだ。そのために鳥達も連れていったのだろう。

薔薇が数本、それでも花を咲かせている。どうやら寒さに強い品種のようだ。

「すまない。頑張って咲いてくれたんだね。手入れをしてあげたいが、私には薔薇の扱い方法が分からないんだ」

アーネストは屈み込み、少し小振りな花に向かって話し掛けた。

「私が本当に薔薇の王なら、魔力で君達を見事に咲かせてあげるのに……」

王国の栄光は終わったのだろうか。温室だけではない。今はまだ形になっている薔薇園も、人の手が入らなければ、いずれ伸び放題に伸びてしまい、今の美しさを維持するのは難しくなるだろう。

「薔薇のために……新しい庭師を雇わないと」

奥のストーブのある空間は、火がないので寒々と感じられた。サイラスが寝ていた仮のベッドは、どうやら犬達の寝場所になってしまったらしい。泥と犬の被毛で汚れている。

「おまえ達まで、彼を待っているのか?」

思わず話し掛けた後で、アーネストはぎゅっと上着の胸の部分を掴む。

失った想いが、痛みとなってアーネストを襲っていた。

「あんな短い間でも、人は、愚かな恋に落ちるものなんだな」

サイラスのベッドに腰掛けると、アーネストは目を閉じてここで過ごした刺激的な時間を思い出す。

「たとえすべてが夢だったとしても、残酷な夢だ。思い出す度に、こんなに胸が苦しいなんて」

忘れる方法はあるのだろうか。いや、恐らくそんなものはないだろう。外の世界に出て行けないアーネストは、ずっとこの薔薇の王国の中で、消えてしまった戦士のことを思い続けるしかないのだ。

アーネストの想いを断ち切るように、そこで犬達がいっせいに吠え始めた。

「誰か来たのか?」

犬達の吠え声は、警戒しているようには聞こえない。むしろ楽しげだ。餌をくれる厨房の下働きの少年が、香草でも捜しに来たのだろうか。

そこでいきなり癒えた筈の背中の傷が痛みだした。どうしてなのかと理由を考える余裕はない。爽やかな香草の匂いをさせている男が近づいてきたからだ。

「サイラス……もう戻って来ないのかと思った」

外見にどこも変わったところはないが、着ているものが違っていた。上着は上質な厚地の長いもので、中には革製のしっかりしたベストを着込んでいた。そして腰には、これまでと違い、重たそうな剣を下げている。

「その姿は……まさか」

「ああ、そのまさかだろうな」

「ドネル先生の仲間だったのか？」

「そうだ。いや、正確には、俺達がドネルを引き入れた。何しろ優秀な演説家だったから、利用させてもらった」

馬を売った金で、遊び暮らしていてくれればよかったのにと、アーネストは思う。革命組織の戦士、そんなものだったらサイラスの命の保証は誰もしてくれない。

「サイラス・モントレーが俺の本当の名前だ。父はモーガン・モントレー。公爵だったら、この名前を聞けば少しは後ろめたく感じるだろう」

「モーガン・モントレー……」

「そうだ。新大陸から、薔薇の苗を持ってきた商人さ」

「……」

サイラスの周りでは、犬達が集まっていて、少しでも撫でてもらおうと尻尾を振っていた。その様子を見て目を細めたサイラスは、一頭ずつ撫でていく。

「俺の家には温室があって、異国の草花の繁殖も手がけていたんだ。そして父は、この国では珍しい黄色い薔薇を新大陸で見つけて持ち帰ると、早速改良を開始した。上手く苗が育った頃、大量に買い入れてくれたのが公爵だ」

アーネストには、薔薇作りがどうやって行われていたのか分からない。ただ黄色の大輪の薔薇は珍しく、それを作り出した公爵は素晴らしいのだと単純に信じていた。

「残った苗はどうなったと思う？」

火の気がなく、ただ午後の陽光の力だけで温かくなっている温室を見回しながら、サイラスは訊いてくる。

「まだ、君の家にあるんだろう？」

「温室は破壊された。誰かが温室内に、キツネと犬を閉じこめてくれたせいで」

「そんな……」

アーネストも温室を見回し、続けてサイラスに纏わり付く犬達を見つめる。この元気な犬達とキツネをここに閉じこめたら、どんな悲惨なことになるかは簡単に想像できた。

「騒ぎを聞きつけてやってきた使用人が見たのは、とても獰猛《どうもう》で、大きくて、よく訓練された数頭の狩猟犬《しゅりょう》だったそうだ」

「……それは」

今の犬達が来る以前に飼っていたのは、大きくて、獰猛で、よく訓練された狩猟犬だった。アーネストはあの犬達が苦手で、一緒に散歩したこともない。

「しかも、なぜか黄色い薔薇の苗だけが、ごっそり無くなっていたんだ。父は公爵を疑って訴えたけれど、裁判所で全く相手にされなかった。しかも貴族を訴えたことで不敬罪を言い渡され、鞭打ちの刑を受けた」

サイラスは真っ直ぐに背を伸ばして立ち上がり、じっとアーネストを睨み付ける。

その視線に射られたとき、アーネストは自分に振り下ろされた薔薇の鞭の意味を覚った。

「作り話だといいのに」

「そうだな。俺もそう思うよ。全部、俺の妄想だったらいいのにな。だけど、父は鞭打ちの傷が元で、病に罹って死んだ。その事実は変えようがないだろ」

「そんな……そんな酷いことを……」

ドネルを刺した公爵の姿が蘇る。時々公爵からは、良識が消えてしまう。良識を失うと、恐ろしい人間になってしまうのは事実だった。

きっと公爵は、黄色い薔薇の苗を独り占めしたかったのだ。そのためにサイラスの父親から盗み取り、しかも被害者を逆に罪人に仕立て上げた。

やはりサイラスは、公爵を憎んでいたのだ。

そしてその息子であるアーネストのことも、憎んでいたのに違いない。

「薔薇を取り戻しに来たのか？」

「ああ……もう取り戻した」

サイラスはそこでとても悲しげな顔になる。

「公爵は非道だ。自分で仕掛けたくせに、犯行がばれるとまずいと思ったのか、利用した犬達まですべて殺した」

「あれは鼠避けの薬が入った餌を、間違って食べたんだ」

「そうか？　都合よく、すべての犬が同時に食べたのはなぜだろう。犬はそれほど愚かじゃないさ」

公爵にとって、死はたいした意味がないのかもしれない。可愛がっていた筈の犬を殺すことにすら、罪悪感はなかったのだろうか。邪魔なものは目の前から消せばいい、そう思って恐ろしいことを繰り返してきたのだろうか。

自分の父親なのに、サイラスの口から真実を聞いた今、公爵に対して怒りしか湧いてこない。犬は、ただ利用されただけだ。死に値する罪など犯していない。特別な愛情があったわけではないが、公爵のために働いた結果がそれでは、あまりにも哀れに思える。

アーネストの心は沈み、自然と項垂れてしまう。するとサイラスは近づいてきて、アーネストの顎に手を添えて上を向かせた。

「犬のために悲しんでるのか？」

訊ねられてアーネストは力なく微笑む。

「それだけじゃない。君の父上のことも、私には衝撃だった。どう謝ったらいいんだろう。言葉が見つからないんだ」

「言葉はいらない。優しいキスでいい」

そこでサイラスは、キスを求めてきた。アーネストは誠意を込めて、それに応える。

自然とアーネストの手は、サイラスの体を抱き締めていた。離れていた数日の間、何度こうしたいと願っただろうか。

「本当は私を憎んでいたんだろう？」

唇が離れた途端に、不安と悲しみがそのまま言葉になってしまった。

「ああ、アーネストのことをよく知らないときは憎んでいた。ドネルの言うとおり、本当に淫乱の若様だったら、いいように弄り回して、破滅させてやろうと思うくらいにな」

憎まれてもしょうがない。けれどそれはアーネストが公爵の息子だからという理由でだ。アーネスト個人のことを、サイラスがどう思ったのか、それを知りたい。

「今も、まだ憎んでいる？」

うっすらと涙が浮かび上がった目で、アーネストはサイラスを見つめる。

「憎みたくても憎めない。おまえは……無垢《むく》な子供みたいで……」

続く言葉はなく、代わりにまた優しいキスになった。

これまでと違う。荒々しさや、情欲に押された性急さのない優しいキスだ。

アーネストはされるまま、うっとりとサイラスの腕の中にいる幸福を味わった。

サイラスに抱き付いていると、犬達が足下で邪魔をする。どうやらサイラスを独り占めするなと抗議をしているらしい。苦笑しながらサイラスは、アーネストを抱いたまま明るく語る。

「この犬達は、元々俺の犬なんだ。犬が殺されたと聞いて、すぐに公爵に売り込んだ」

「それで懐いていたのか」

「俺がここでこそこそ怪しい動きをしていても、こいつらが逆に守ってくれていた。忠実な友達さ」

ではサイラスは、この邸に忍び込むための準備を、かなり前からしてきたということなのだろう。

自分の犬なら、庭でどんな怪しい動きをしていても吠えられることはない。公爵家の番犬としては、何の役にも立っていなかったようだ。

「一度売ったものだが、連れて行く。ここにはもう置いておけない」

「いいよ。止めはしない。犬がいなくなると物騒だけど」

そこでサイラスは大きく頷き、アーネストの耳に口を寄せて囁く。

「明日の明け方に馬車を寄越す。それに乗って、ハンナ王女と一緒にここを出ろ」

「どうして……？」

「分かれよ、アーネスト。今、何が起こっているか、分からない筈はないだろ。おまえは、気付かないふりをしているだけだ」

あの群衆が、いよいよ王城に押し寄せるというのだろうか。そうなれば王国は終焉を迎えることになる。

「行き先は国境近くの修道院だ。侍女達には、修道女の衣を用意する。おまえには修道士の衣と、教会からの身分証を用意するから」

サイラスは焦っているのか、かなり早口になっていた。それを聞いてアーネストは、実はサイラスが革命組織を裏切っているのではないかと疑った。

「まさかサイラス、仲間を裏切るのか？」

「……犬と同じさ。罪がないものを殺させるのは、俺には納得出来ない。革命組織の過激派は、王族と貴族をすべて殺す気でいる。アーネスト、王女が殺されてもいいのか？」

「それは……嫌だ」

ハンナこそ無垢な天使だ。王族であるというだけで、殺させるわけにはいかない。

「だったら王女と一緒に逃げろ。王女がぐずるようなら、眠らせる薬がある。それを飲ませてでも、修道院に連れて行け。いくら革命組織の過激派でも、修道院と教会は襲えない。おまえも修道士になって、生き延びるんだ」

「サイラスはどうするんだ？　まさか、その剣で王国軍と戦うのか？」

「戦わなければ、公正な自由社会は手に入らない」

アーネストの足下から、力が抜けていく。

サイラスが死ぬかもしれない。それは自分が死ぬよりも、辛いことに思えた。

「お願いだ。無茶はしないと約束してくれ。どうか、生きて……」

それ以上、言葉が出て来ない。ただサイラスに縋り付いて、嗚咽を堪えるしか出来なかった。

サイラスが戦う相手は王国軍だ。そしてその中には、当然、父の公爵も参戦しているのだろう。

「姉上にも知らせたらいけないだろうか？」

家族といったら、父と姉しかいない。公爵のことは、アーネストにはどうにもしようがないが、せめて姉は助けたかった。

「知らなかったのか？　伯爵はすでに船で新大陸に向かった」

「えっ？」

「安心しろ。夫人も同伴していた」

「伯爵も知っていたんだ？」

「伯爵は、革命組織の一員だ。革命組織に大金を寄付していた。爵位を捨て、金で命を買ったのさ」

自分は世界のことをどれだけ知っていたのだろう。すぐ近くにいた身内のことですら、アーネストは何も知らなかったのだ。

父の公爵は欲深《よくぶか》な策謀家で、義兄は騎士道に反する裏切り者だった。

けれどアーネストには、彼らを非難する権利はない。邸からほとんど出ることなく、世界と離れた自分だけの王国でずっと生きていたのだから。

「明日の昼には、革命組織の雇った傭兵軍がここを襲う。使用人達を生かしてやりたかったら、朝のうちに追い出せ」

「まさか、邸を焼き払うのか？」

「いや、そこまで愚かじゃない。ただ所有者を消すだけさ。抵抗してもしなくても、殺せばそれでいいと思っている」

サイラスは自嘲を込めた口調で語る。革命組織に身を置いていても、本当はサイラスだってそんな殺戮には反対なのだと思えて少しは救われた。

「いいな、明日の早朝だ」

そろそろ戻らないといけないのだろうか。サイラスは落ち着きを無くし、出入り口ばかりを気にしている。

そんなサイラスの手を、アーネストは強く握った。

「また会える？」

「約束は出来ない」

サイラスは悲しげに呟く。

慣れない戦いの中に身を投じるのだから、ここで簡単に約束は出来ないだろう。サイラスは正直な男なのだ。だから慰めるための口約束などはしてくれない。

「いい思い出をありがとう、サイラス。私は、望むものを手に入れられて幸せだった」

運命の歯車が回り出したというのなら、アーネストにはもうどうすることも出来ない。こうなったら、ただサイラスには後悔のないように、思い切り自分の信じる道を進んで欲しかった。

だからここではっきりと別れの言葉を口にして、サイラスをアーネストから自由にしてやるべきだったが、感謝の言葉しか出て来ない。

さようならとは言いたくなかったのだ。

引き留めることはいけない気がして、アーネストは少し後ろに下がった。そして二度と忘れることがないように、サイラスの姿をしっかり瞼の裏に焼き付けた。

サイラスは何か言おうとしたが、思い止まって口をつぐんだ。

別れ際に、アーネストの喜びそうなことを言いたかったのだろうか。けれどサイラスは何も言わず、犬達を引き連れて出て行った。

「短い間だったけれど、幸せだった。たとえ……薔薇の鞭で打たれても……あれが喜びだったんだ」

忘れないために、もう一度傷をねだりたかった。どんな甘い言葉も、優しいキスも、一瞬で消えてしまう。けれど痛みだったらしばらく残るだろう。

それがアーネストにとって、もっとも嬉しい愛され方だったのだ。

早朝に起こされて、ハンナはずっとぐずっている。侍女達は恐怖から落ち着きをなくしていて、そのせいで余計にハンナもぐずるのかもしれなかった。

地味な馬車が迎えに来た。中には修道女の衣装が三人分と、修道士の衣装が一人分用意されていた。さらにはハンナのために、平民の子供が着るような、粗末なドレスも用意されている。それを見て、アーネストはサイラスの心配りに感謝した。

ハンナを抱いたり出来ないように、わざとあんな過激な性行為を教え込んだ。そんなふうに疑ったこともあったけれど、今となっては自分の浅慮を恥じていた。

サイラスは自分の身が危険になるかもしれないのに、こうしてハンナを助けるために尽力してくれているのだ。

ハンナの部屋に運び込まれた荷物を早速開き、アーネストはこれからすべきことを丁寧に説明する。

「修道院に入れば、後は何も心配いりません。もし途中で誰かに訊かれたら、ハンナ王女は、これから修道女になる予定の子供ということにしなさい」

「アーネスト様、本当にそんな恐ろしいことになるのでしょうか？」

子守りは出来ればこんなことなどせずに、ずっとここに留まっていたそうだった。けれどアーネストは、いつもより強い口調で諭した。

「もたらされた情報は、かなり正確です。もし違っていたら、ただちに呼び戻しますから、急いでください」

女達はすぐに着替え始めた。華やかなドレスを脱いで、漆黒の地味な修道女の衣装になる。

「荷物は置いていきなさい。もし馬車の中を検められて、華やかなものが見つかると疑われる。ハンナ様には、眠る薬を……」

着替えの中に入っていた小さな袋を子守りに示し、アーネストは悲痛な声で訴えた。

「こんなもの使いたくないけれど、ハンナ様は何も分からずに騒がれるだろうから」

「砂の盥は、持っていってもいいでしょうか？　お気に入りだったのか、昨日は一日あれに絵を描いていらっしゃいました」

子守りの懇願に、アーネストは思わず泣きそうになってしまった。

「そうですね。それと好きなだけ、甘いお菓子を持って行くように」

ここにいる皆は、内心王がどうなるのか心配しているだろう。残念だがアーネストには、絶対に助かるなどと慰めの言葉は言えなかった。

「ノーラン、頼みがある」

こんな早朝に呼び出されることは滅多にないので、ノーランは何度も欠伸を嚙みしめている。けれど皆の慌てた様子や、アーネストの真剣な表情を見て気を引き締めたのか、真面目そうな顔になってアーネストに向かった。

「何でしょう、若様」

「この修道士の衣装を着て、皆を修道院まで送り届けてくれ」

「はっ？　お、おれがですか？」

「そうだ、ノーラン。君だから頼みたい」

そこでアーネストは、ノーランを廊下に連れだした。そしてそれまでずっと指に填めていた、青いサファイヤの埋め込まれた指輪を抜き取り、ノーランの手に握らせる。

「修道院まで送ったら、後は自分の家に戻りなさい。この邸の使用人の中に、好きな娘がいるのかな？　これを売れば、婚姻してもしばらくは楽に暮らしていけるだろう」

「ええっ、若様、そんな……」

「それと旅の間に使う金だ。残ったら、修道院に寄付してくれ」

さらには金貨と銀貨が数枚入った袋をポケットから取りだし、ノーランの手に握らせる。

貰うものだけ貰って、ノーランが逃げてしまうかもしれない。以前のアーネストだったらそう疑っただろうが、今は違っていた。

使用人だって同じ人間だ。情に訴えれば、それに必ず応えてくれるだろう。

「君だけが頼りだ。どうか、ハンナ王女を頼む」

「お、おれは、いいですが、若様はどうなさるんです？　ここにいたら、反乱軍だか革命軍だかが、押し寄せてくるんでしょう？」

「心配するな。公爵がいない今、私は……この邸の主だ。最期まで残る義務がある」

アーネストはもう覚悟を決めている。殺されるのは構わないが、その前に一つどうしても頼みたいことがあったのだ。

「代々続くこの邸の財産、美しい絵を守りたい」

邸が焼かれることだけは、どうしても防ぎたい。そのために革命軍に直に訴えるつもりだった。

「すぐに修道士の衣装に着替えろ。そして使用人達に伝えるんだ。公爵とハンナ王女の部屋、それに私の部屋にあるものと、飾られた絵画以外のものなら、何を持ち去ってもいい。朝のうちにここを出て行くようにと」

「わ、分かりました。えっと、それって、銀食器とかも、いいってことですかね」

一瞬、ノーランは狡猾な顔を見せる。アーネストは笑顔で答えた。

「ああ、真っ先に彼女にそれを伝えるといい。ただしあまりに荷物が多くて逃げ遅れると、恐ろしいことになるとしっかり伝えてくれ」

そこでノーランは何度も頷き、すぐにハンナの部屋にあった修道士の衣装を手にして、使用人達に重大な知らせを伝えるべく走り出していた。

ハンナの部屋に戻ると、女達はすでに着替えを済ませていた。粗末なドレスを着せられたハンナは、それも気に入らないのか泣いている。

アーネストはハンナに近寄り、その体を抱き上げた。

「お出かけしましょう、ハンナ様。馬車においしいお菓子もたくさん用意してありますから」

「んっ……んんん」

ハンナは首を横に振り、アーネストにしっかり抱き付く。やはり不安なのだろう。

「楽しいところへ行きましょうね」

嘘は下手だ。ハンナにとって、ここより楽しいところはない筈なのに、アーネストは残酷な嘘を口にしなければいけない。

だがどんな場所でも、生きられるならそのほうがいいに決まっている。

「ネトもいく？」

「後からまいりますから」

さらに吐いた嘘は、口中を苦くした。

ハンナを抱えたまま、アーネストは外で待つ馬車へと向かった。サイラスはこの秘密の馬車を雇うのに、どれだけの金を使ったのだろう。修道院への手回しなど、アーネストではとても思いつかないようなことを、サイラスは黙ってやってくれたのだ。

僅かの荷物を馬車に積み込んでいる間に、俄に邸の中が騒がしくなった。どうやら逃げ出すための準備が始まったようだ。

ノーランが息を切らせて戻ってくると、すぐに馬車は出発する。ハンナは最初は大人しく乗っていたが、動き出すと同時に窓に近寄って縋り付いていた。

「ネト、ネト！」

ハンナは馬車の窓から身を乗り出して、アーネストに手を差し伸べている。やはり行きたくないのだろう。悲しげな顔をしていた。

「ハンナ様。どうか……神のご加護がありますように」

アーネストはしばらく走って馬車を追ったが、そんなことをしても何の慰めにもならないと途中で足を止めた。

そしてアーネストは大きく手を振ると、馬車を見送った。ついに馬車が見えなくなると、まだ暗い早朝の庭を歩いて、アーネストは小動物がいる柵に近づく。

「ハンナ様を楽しませてくれてありがとう」

柵の扉を大きく開く。すると驚いたのか、子ヤギ達が真っ先に飛び出していった。

「犬はいないから、安心していい。好きなところに行きなさい」

続けてウサギ達が、怖々と柵の中から広い庭へと出て行った。明け方の薄闇の中でも、ウサギの白い被毛はよく目立つ。木立のあるほうに走っていくその姿を、アーネストはいつまでも目で追うことが出来た。

厨房には鍋もない。銅製の鍋は、料理人達が喜んで持っていったようだ。厨房の裏で飼われていた、鶏すら全部いなくなっていた。

高価な花瓶や敷物、さらには食器類からリネン類まで、ごっそりとものが無くなっている。

「もし何事も起こらなかったら、私は公爵にどれだけ叱られるんだろう」

荒れ果てた邸の中を歩きながら、アーネストは苦笑する。

絵はすべて無事だ。さすがに甲冑や剣を持っていく者もいなかった。厩舎には馬が数頭残っているが、すぐに革命軍の兵が奪っていくのだろう。

使用人達が慌ただしく去った邸内の見回りを終えると、アーネストは自分の部屋に入る。そしてこれまで描いた絵をずらりと並べて、じっと見入った。

「今頃になって、直したくなってきた。まだ稚拙だったんだな」

ドネルが去った後、公爵はアーネストを学ばせることに積極的ではなくなった。知識のある人間というのは、すべて貴族に反感を抱いていると思ってしまったようだ。そのおかげでアーネストは、歴史や地理、異国の言葉を学ぶことからは解放された。

代わりに夢中になったのが絵画だった。教えてくれた画家は、あまり熱心ではなかった。きっと金に困り、仕方なく引き受けたからだろう。だが、技術的なものを教えてもらうには、そんな教師でも十分だった。

　サイラスが摘んでくれた薔薇は、すでに枯れて赤黒い花びらをテーブルの上に散らしている。まるで乾いた血のような色になっていた。

「そうか……深紅の薔薇は、まさに血の色なんだな。枯れると、乾いた血の色になるのだから」

　室内には朝陽が射し込んでいる。太陽が中天に届くまで、まだ少し間がありそうだ。使用人達は大荷物を抱えつつ、どうにか逃げ延びるだろう。

　そしてハンナは、眠りながら旅を続けている筈だ。

　アーネストは広大な邸の中、本当に独りぼっちだった。

「犬もいない。ウサギや鳥すらいなくなった」

　けれど画布の中には、美しい犬がいる。まるで生きていて、今にも走り出しそうな姿に描かれていた。この絵を完成させてから、日はそんなに経っていないが、描き始めたのはサイラスと出会ってすぐだった。

「これまでで一番いい。心は乱れていたけれど、充実して毎日生きていたからだ」

　もう少し、ここに光りを入れたい。花びらが輝くようにするのだ。そうすればもっと絵の全体が明るくなる。そう思っていたら、たまらなくなって思わず絵筆を手にしてしまった。

「ただの薔薇を描いているようだけど、これは王国の最盛期を表すものだ。私は、祝福され、愛を見つけ、幸せだった」

だからこの絵は、もっと光り溢れているべきだ。アーネストは絵の中に、窓から射し込む光りを導いていく。

邸内は静かだ。吠える犬も、刻を間違えてけたたましく鳴く鶏もいない。温室で歌っていた鳥達はとうにいなくなっているし、嫌われ者の烏が訪れることもなかった。

そんな静まりかえった邸内に、微かに馬の嘶きが聞こえる。厩舎の馬が逃げ出したのだろうか。それともついに革命軍がやってきたのかだ。

「もう少しだ。後、もう少し、光りを……」

馬が近づいてくる。蹄が勢いよく地面を蹴る音が響いた。けれどどうやら一頭のようだ。欲をかいた使用人が、まだ何か持ち出せると思って戻ってきたのだろうか。

気にはなったが、確かめている余裕がない。アーネストには、命に限りがあるのだから。

「そこで何をしているんだ？」

咎める声に、アーネストは自分がまだ夢の中にいるのかと思った。

窓の外にサイラスがいて、信じられないものを見るようにしてアーネストを見ている。

「アーネスト、馬車に乗ったんじゃなかったのか？　そんなところで、何をしてるんだっ！」

「ああ、サイラス。どうやら夢ではないらしい」

サイラスはアーネストの馬に乗ってきていた。こうして見ると、サイラスが乗るのに相応しい馬だ。譲ったことを今更のようにアーネストは嬉しく思った。

馬から飛び降りると、サイラスは室内に駆け込んでくる。そして絵筆を握ったままのアーネストの手を摑んだ。

「王女を迎えに馬車が来ただろう？」

「ありがとう。ハンナ王女は、無事、修道院に向かっている」

「どうして乗らなかったんだ。俺は、俺は、すべて片付いたら迎えに行くつもりでいたのに」

サイラスの悲痛な叫びに、アーネストは別れ際に何を伝えたかったのか、分かったような気がした。

迎えに行くからとサイラスは言いたかったのだ。けれど自分の命があるのかどうか、サイラス自身にも分からなかったので、黙って去ったのだろう。

「もうじき、革命軍がやってくる。アーネスト、すぐに逃げろ。あの農家、ジェムズの家への行き方は分かるな？　今すぐ行くんだ」

サイラスは焦っている。どうにかしてアーネストを生かそうというその気持ちは嬉しかったが、それに応えることは出来なかった。

「すまない、サイラス。私は……今はこの邸の主だ。この家に残された絵に対する責任がある」

「はっ？　何を言ってるんだ。絵なんて、生きていればいくらでも描けるだろ」

「ああ、だけど壁に飾られた先祖の絵は、二度と同じものは描かれない。時代も違うし、絵描きも違う。いずれ世界の文化的な財産になるようなものばかりだ。あれを守るために、邸に火を放たないように願い出るつもりだ」

「絵なんて、どうでもいい。死んでしまったら、何もかも終わるんだぞ。アーネスト、おまえ、死ぬ気なんだな」

アーネストの王国は滅びた。だからアーネストも、共に滅びるつもりでいた。

「公爵のしたことは謝る。償いを十分に出来なかったのは、すまないと思っている」

馬以外に、サイラスに譲れるものはあるだろうか。もっとも高額な、先祖から受け継いだ指輪はノーランにあげてしまった。剣や甲冑は、譲られても迷惑だろうかと考えていたら、いきなり激しく頰を叩かれた。

「ふざけるな。償い？　まだ何もしてもらってないぞ。馬一頭で、俺が許すと思ってるのか？」

「他に何をあげればいいんだろう？」

「決まってる。おまえだ。おまえ自身だよ、アーネスト。勝手に死ぬことは許さない。おまえはもう俺のものだ。生きて、この先もずっと、俺の慰み者になっていろっ！」

それが公爵に対する復讐になるとでも言うのだろうか。アーネストが問いたげにサイラスを見つめると、まるで心を読んだかのように答えが返ってきた。

「薔薇の苗と一緒に、アーネストをここから奪っていくことが俺の復讐だ。まだ終わっていない。勝手に自分で終わらせるな」

「分からないんだ。私には、そこまでの価値がないのに……」

「それなら価値のある人間になればいい。俺にとって、唯一絶対無二の存在になってみせろよ、アーネスト」

叩かれた頬が痛い。痛みはいつだってアーネストに、自分が生きていることを再確認させてくれる。

そこでサイラスは、アーネストを抱き締めてその耳元で囁いた。

「いいか、おまえはこの邸に雇われた絵描きだ。無能な公爵の息子のために、代筆をしていた。名前はアラン・ジェムズ。親は農民だ」

「えっ……」

「覚えろ、アーネスト。時間がない、そろそろリード中隊長の指揮する革命軍が到着する。絵を焼くなと、中隊長に言いたいんだろ？　それはやらせてやるから、終わったらすぐにジェムズの家に行くと約束してくれ」

「でも、その後は……」

ここを出て、どうやって生きていくというのだ。それともサイラスは、アーネストを引き取るつもりなのだろうか。

「心配しなくていい。俺がいる。俺と暮らそう、アーネスト」

サイラスはそこで強くアーネストを抱き締めてきた。

何度こうして彼に抱かれただろう。なのにアーネストはサイラスを失うことばかり考えていた。

どうして信じて待つことをしてみなかったのだろう。公爵がサイラスにした非道なことの贖罪のためにも、サイラスのために尽くす人生があってもいいのではないかと思えてくる。

そのとき、外から大勢の人が侵入してきた気配がした。ついに革命軍がやってきたのだ。

「こんな高価な上着を着ているな。疑われるだろ」

そこでアーネストは、シャツ一枚の姿にされてしまった。さらにサイラスは、アーネストの顔に絵の具を塗って汚す。

「俺はこの邸の内偵をしている間に、おまえと出会って、そして惚れたんだ。俺達は、公爵に隠れて特別な関係だった」

「それは作り話じゃないんだろ？」

「そうだな。本当にそうだった」

サイラスはそこで笑い出すと、アーネストの手を引いて部屋から外に連れ出した。

「リード中隊長は革命軍が雇った傭兵だ。この国の人間じゃないから、アーネストのことは知らないだろう」

「大丈夫だ。私はほとんど社交の場に出なかったから、そんなに顔は知られていない」

「そうか？　その美しさで噂になってなかったか？」

誰かアーネストのことを知っている人間はいるだろうか。そこでアーネストは、使用人が落としていった汚れた帽子を拾い上げ、慌てて目深に被った。

邸の前庭には、すでに騎馬兵が数人と、歩兵が数十人待機していた。彼らはアーネストが出て行くと、いっせいに注視してくる。処刑の必要があるのか、どうやって処刑するのがもっとも相応しいのか、吟味でもしているのだろうか。

「リード中隊長、この家の雇われ絵描きです」

サイラスの説明を聞きながら、中隊長は馬からゆっくり下りてくる。

「どうしても話したいことがあって、残っていたそうです」

「絵描きだけ残ったのか？　公爵の子息と王女がいた筈だが？　使用人もいないな。みんなどこに行ったんだ？」

シャツ一枚の姿で、顔は絵の具で汚れ、古びた帽子を被っていたおかげだろうか。中隊長はアーネストのことを疑ってはいないようだ。

「子息と女の子は、いつの間にかいなくなってました。使用人達は家に帰りました。ぼ、僕も、帰りたいのですが、その前にお願いがあります」

本来ならここで、当主らしく堂々と中隊長を出迎える筈だった。なのにまるで本当の使用人のように、アーネストはおどおどと話している。

死んではいけないのだ。

サイラスがいいと言うまで、アーネストは死んではいけない。

愛していると何度も言ってもらい、アーネストはサイラスと共に生きていくべきなのだ。

「わざわざ残ってまで言いたかったのか？　いったい何だ？」

「は、はい。この邸にある絵は、とても価値のあるものばかりだから、どうか、焼いたりなさらないようにお願いします」

「絵を焼くなか……搾取を続けてきた、貴族の肖像画だぞ。それを焼くなとはな」

中隊長はそこで笑い出す。すると兵達も同じように笑い出した。

やはり彼らは、邸内に火を放つような蛮行はしなくても、憎しみの対象である貴族の絵は焼くつもりなのだ。

「隊長さん、嘘じゃありません。有名な画家の絵もたくさんあります。絵は、同じものは二つとありません。時代が変われば、もっと価値が上がると思います」

絵の価値なんて分からなくてもいいのだ。欲に突き動かされてくれればいい。価値があると知れば、決して粗末にはしない筈だとアーネストは願った。

中隊長は欲にかられたのだろう。邸内に入ってくると、壁にずらっと飾られた肖像画を見ている。

「なるほど、どれもよく描けているな。売ればいい値が付きそうだ」

絵を見るだけの教養がないことを、中隊長は知られたくないようだ。いかにも分かったような顔をしている。

「確か……子息は絵を描いていたんじゃないのか？」

ふと中隊長は、思い出したように言う。まずいことに肖像画の中には、アーネストにそっくりなものがある。それを見て中隊長は、何か勘づいてしまったのだろうか。

するとサイラスが、滑らかに答えた。

「貴族は、自分じゃ何もしないんですよ。アランに描かせた絵を、自分が描いたように言いふらしていただけです」

「おまえは、どんな絵を描くんだ」

突然、中隊長はアーネストに興味を向けてくる。そこでサイラスは、中隊長をアーネストの部屋へと案内しなければいけなくなった。

さっきまで手を入れていたので、部屋には絵の具の匂いがしていた。ずらっとアーネストの描いた絵が、壁に立てかけて飾られている。ここが画家の部屋だと、中隊長もこれなら疑わないだろう。

中隊長はそこに置かれた絵を見回し、にこやかに微笑む。

「うむ、いいな。あっちに飾られている絵より、ずっといい。おまえ、いい腕をしてるじゃないか」

「あ、ありがとうございます」

褒められて嬉しい筈なのに、やはり素直に喜べない。いつ気が変わって、こんなものには何の価値もないと言われるか分からない。

「しかし……さっきの絵は、おまえによく似ていたな」

その一言でアーネストの顔から血の気が引いた。

絵を評価する教養はなくても、中隊長には素晴らしい洞察力がある。やはりアーネストにそっくりな絵を、目ざとく見つけていたのだ。

「まさか……公爵家の子息ということはないよな？」

明らかに疑われている。だがここで正直に告白したら、サイラスまで罪に問われるだろう。そうなるとハンナを逃がしたことまで、追及されそうだ。

「疑っているのですか？　だったら、これを見てやってください。子息の言うことを聞かないと、こんな惨い目に遭わされていたんですよ」

そう言うとサイラスは、アーネストのシャツをまくり上げて、その背中を中隊長の前に晒した。

何という機転だろう。サイラスは自分が付けた贖罪の印を、堂々と嘘に利用している。

「鞭打たれて、ずっとここに閉じこめられたまま家にも戻れず、絵を描かされ続けていたんです」

「ふん、いかにも貴族がやりそうなことだな。痛かっただろう？」

痛みすら愛しい。何度もそう思ったのに、アーネストはいかにも痛みを思い出したかのように、悲しげに俯く。

中隊長はそれでもまだ疑っているらしく、画布を示して言った。

「何か描いてみろ」

そこでアーネストは急いで紙を取り、木炭で中隊長の姿を書き写した。人物を写生するときは、もっと誇張して醜く描いたりするのだが、今日は思い切り美化して描く。素早く描いたものを差し出すと、中隊長は声をあげて笑い出した。

「いや、絵描きにしては綺麗な顔をしているから、ついこの邸の子息かと疑いそうになった。おまえの母親は、相当な美人なんだろうな」

「い、いえ。太っていて、よく笑います」

母の肖像画も、先祖の絵と共に並《なら》んで飾られている。本当にアーネストの母は、輝くほどの美貌の持ち主だったのだ。あの絵を見れば、いつでも母を思い出せた。その絵を眺めることも出来なくなるのかと思うと、やはり寂しい。

「いいだろう。絵は焼かずに売り払うことにする。他に何か望みはあるか？」

今すぐにここを出て行ってください。そして二度と、我々を追い出そうなんてしないで欲しい。それが一番の望みだと言いたいが、アーネストは力なく言うしかなかった。

「絵の具や絵筆を、持っていってもいいですか？　絵の具は、とても高価なので……」

ここを出たら無一文になるのだ。そうなったら、高価な絵の具や画布を、好きなだけ買うことは二度と出来なくなる。

「ああ、いいだろう。ただし描いた絵は置いていけ。気に入った」

「あ、ありがとう、ございます」

疑いは晴れたのだろうか。中隊長はもう興味がないのか、アーネストを見ずに勝手に室内の点検を開始した。高価なものがあったら、真っ先に自分が着服するつもりだろうか。

「そういえば、おまえは給金を貰ったのか？」

道具類を急いで箱に詰めていたアーネストは、その質問に小さく首を振る。

「いいえ……」

「では、家に帰るのに馬をやろう。確か、厩舎にはまだ馬がいたようだ」

「いえ、馬は、乗れないので……いりません。それより、若様の上着を一枚、もらっていっていいですか？　僕のは……傷のせいで、汚れてしまったから」

「ついでにマントも靴も貰っていくがいい。ただしその格好で、王城の近くに行かないほうがいいぞ。貴族狩りをしているからな」

　嘘は下手だった筈だ。なのにアーネストは、見事に嘘の自分を演じきった。だが最後に、また疑われる危険を覚悟で、これだけは聞いておきたかった。

「邸の主の公爵様は、どうされたのですか？」

「んっ、公爵か？　騎士道に殉じた」

「……騎士道？」

「王のために戦って死んだよ。王は捕らえられた。いずれ斬首されるだろう」

死んだのだ。しかも最後は騎士らしく戦って。

不思議と涙は出て来ない。悲しみもまだ押し寄せてこなくて、まるで他人事のように聞いていた。

この邸を訪れ、公爵と共に語り合っていた若い貴族達も皆、王のために命を差し出したのだろうか。

アーネストも本当なら、王のために戦って死ぬべきだったのだろう。

いや、あれはアーネストの王ではない。アーネストこそが王なのだ。

薔薇に囲まれた小さな王国の王は、どうにか斬首を免れたが、今まさに追放されようとしている。

サイラスが荷造りを手伝ってくれた。持っていくのは絵を描くのに必要なものと、僅かな衣類だけだ。公爵が治めていた広大な領地からあがる収益は、二度とアーネストの手に入ることはない。

「荷物がかなり重い。一人で家に帰れるか？」

心配してくれているが、ここは甘えるわけにはいかない。サイラスが余計なことで疑われたら気の毒だった。

「大丈夫だよ、これくらい」

「ついていってやりたいが、公爵の子息の捜索をしないといけないからな。落ち着いたら、おまえの家に行くから」

わざとのようにサイラスが言う。それを聞いて中隊長は、にやっと笑って振り向いた。

「何だ、おまえ達、恋仲なのか？」

「えっ、いや、はい……」

サイラスは恥ずかしそうに笑ってみせる。すると中隊長は、鷹揚に頷いた。

「軍隊じゃよくあることだ。絵描きでよかったな。おまえのように綺麗な顔の男が軍人になったら、大変なことになっていただろう」

そう言うと中隊長は、宝石で飾られた小さなナイフを見つけ、それをさりげなくポケットにねじ込むと、アーネストの部屋を出て行った。

「公爵のことは……残念だった」

助けられなかったことを、サイラスは詫《わ》びている。アーネストはサイラスの手を握り、小さく首を振って微笑んだ。

「いいんだ。それが運命だったんだから。公爵……父も王のために死んだことで満足しているだろう」

「立場が逆になったな。俺を恨んでいるか？」

「まさか……だけど、これで少しサイラスに近づけた気がする」

共に望まない形で父親を失った。サイラスはそこで復讐を誓ったけれど、アーネストは違う。誰かを恨む気持ちにはなれない。

「迷わずに行けるな？」

アーネストは力強く頷くと、一番地味な上着を着て、滅多に着ない重たいマントを纏った。

「公爵家のアーネスト・オルドマンは死んだ。いや、消えたのかな」

部屋を見回すと、不思議な気持ちになってくる。生まれて育った場所だが、もうここにいてはいけないのだ。では、どこに行くのだろう。サイラスと暮らすというのは、どういうことなのか実感がまるで湧かない。

死んでいたら、そんなことで悩むこともなかったのに、やはり生きるのは難しい。

「王が捕らえられて、大きな騒乱は収まった。もうじき、本当に自由になる。そうしたら迎えに行くから、待っていてくれ」

「アラン・ジェムズは、約束を守る男なんだろうな。だから、大丈夫。どこにも行かずに、待っているから」

王冠は砕け、アーネストはアラン・ジェムズというただの画家になったのだ。

サイラスは再び強くアーネストを抱き締めてから、慌ただしくキスをして去っていく。

いつもこうしてサイラスを見送った。その度に、二度と会えないと思ってきたのに、どうやらそれは大きく間違っていたらしい。

何度でも会えるのだ。これからもずっと、サイラスに抱き締められてキスされることが繰り返される。どちらかが望まない限り、二人に別れはない。

満たされた想いだけが、今のアーネストの唯一の財産だ。重たい鞄を手にして、アーネストはついに住み慣れた部屋を出て行く。

手入れもされていないのに、庭園内の薔薇は咲き誇っていて、甘い香りがアーネストの足を止めさせた。

「ありがとう。薔薇のおかげで、サイラスに巡り会えたんだ。これからも描けるものなら、薔薇を描き続けたい。それしか、君達に出来る恩返しはないから」

いずれは枯れてしまうのが花だけれど、季節が巡ってくればまた見事な花を咲かせる。主がいなくなった後でも、この薔薇達はずっと咲き続けるのだろうか。

ジェムズの家では、納屋の屋根裏に寝場所を与えられた。干し草をシーツでくるんだベッドに、古びた毛布が一枚あるだけだ。出される食事といえば、雑穀や豆のスープと堅いパンばかりだった。自分を貴族だと思ったら、この待遇にはとても耐えられなかっただろう。けれど売れない画家だと思うと、むしろこれは厚遇だと思えてくる。

幸いジェムズの家の雌牛はよく乳を出すので、あのおいしいお茶にはいつもありつけた。そして気が付けば、バターを作る作業はアーネストの担当になっていた。

公爵の死は、未だに現実にあったことと思えない。葬儀も営まれないせいだろう。まだ都の伯爵邸に、公爵も伯爵もそのままいるような気がした。

大勢の貴族が死んだらしいが、ここにいてはそれを確かめる方法もない。生き残った貴族の中には、アーネストのことを知っている者もいるので、確かめたくても当分は隠れて暮らす必要があった。

元々自室に籠もってばかりの生活だった。だからここでの新たな隠遁《いんとん》生活は、アーネストにとって苦になるどころか心地いいものだった。快適さを必要以上に求めなければいい。それだけで気持ちよく毎日を暮らせる。

バターを作る以外に、何の恩返しも出来ない。それでは申し訳なくて、アーネストはジェムズ家の息子トマスの絵を描き始めた。貴族の肖像画はよくあるが、農夫のものとなるとそう多くはない。トマスは、自分が描かれたことを誇らしげにしていた。

納屋の入り口近くは、絵を描くのにちょうど良い光りが入る。そこに画布を設置し、粗末な木箱を椅子代わりに、十六歳だというソバカスだらけの若者トマスの姿を描いた。

これまではモデルになってくれるような人間が誰もいなくて、人物は描きたくても描けなかったのだ。初めての挑戦で、アーネストは我を忘れて夢中になって描いている。もちろんトマスを、仕事もさせずに光りの中に立たせておくわけにはいかないから、一日のほんの僅かだけ同じ場所に佇んでもらっていた。

ジェムズの一家はいい人達で、バターを作るしか役に立たないアーネストが、一日絵を描いていても嫌な顔一つしない。サイラスの大切な想い人を、自分達は信頼されて預かっているのだと思ってくれているのだ。

ここにいる間に、アーネストはサイラスの家について知ることが出来た。

元々はかなり大きな商家で、商売も順調だった。それが公爵を訴えたことがきっかけで、貴族達から疎まれることになり、取引にも大きく支障をきたすようになったのだ。さらに父親の病も重なり、モントレー家はあっという間に、大きく資産を失い没落してしまったのだという。

モントレー家の長男であるサイラスは、商船に乗って新大陸に向かっていたときだったから、父親を支えることが出来なかった。自分が側にいたらこんなことにはならなかったと、サイラスはずっと後悔していたようだ。

サイラスが帰国してすぐに、父親は亡くなった。その後で、必死になって商売を建て直していたときに聞こえてきたのが、恐ろしいほどの重税を課すという、貴族院の提案だった。

怒りに駆られて、サイラスは革命組織に加わった。そしてサイラスは、貴族院の重鎮となった公爵に狙いを定めたのだ。

庭師のふりをして内偵に入り、まずは盗まれた薔薇を奪い返す。その前に自分の犬を公爵に売り込んだり、庭師頭のボルドを懐柔したりと、しっかり下準備をしていたのはさすがだ。

けれどサイラスにも誤算はあったようだ。

アーネストの存在が、サイラスを苛立たせ困惑させた。本来なら憎むべき公爵の息子を、サイラスは危険を冒してでも助けないといけなくなってしまったのだから。

「貴族は、怖かったんだ。自由民の生命力のたくましさに、自分達は負けると分かっていたから。だけど古のように、剣を振りかざしても誰ももう従わない。時代は、変わったんだ」

相変わらず絵を描くときは、独り言が出てしまう。誰も聞いていないと分かっていても、アーネストはやはり恥ずかしくて顔を赤らめる。

納屋の入り口は大きく開いていて、いい風が入ってきていた。アーネストはシャツ一枚のしどけない姿で絵を描いている。描くその姿こそが、まさに絵にしたいように美しいということを、気付いていないのは本人だけだ。

「大事な絵の具を、トマスのために使ったのか？」

声に顔を上げると、サイラスが近くに立っていた。その手には、黄色い薔薇が一本握られている。さりげなく画架に薔薇を挿して飾ると、サイラスはアーネストに微笑みかけてきた。

「いつもそうやって、突然現れるんだな。そして突然、消えてしまう」

別れてから何日が過ぎたのか。正確な日にちを数えることは、途中でやめてしまった。けれどどれだけ経ったかは、絵の完成度を見れば分かる。

絵の中のトマスの姿は、かなり本格的に仕上がってきていた。

「絵の具がなかったら、私は何も描けない。砂絵は描けても、明日まで残せないし」

自嘲気味に言うアーネストの肩にサイラスの手が乗せられ、とうに消えてしまった傷の辺りを撫でていた。そこから忘れていた官能が立ち上る。

痛みと、そしてそれと同じだけの喜び。

何もかも忘れてしまうほどの強烈な快感。

体が離れる瞬間の喪失感を思い出し、アーネストは目を閉じる。

サイラスは今度こそ本当に、アーネストの元に戻ってきてくれたのだろうか。

「残念ながら私は絵描きとしても能なしで、描いた絵の売り方も知らないんだ。私の絵を奪った中隊長が、少しでも絵の具代をくれると嬉しいけれど……」

「安心しろ。絵の具なら欲しいだけ買ってやる」

「本当に？」

サイラスに会えたら言いたかったのは、そんなことじゃない筈だ。なのにアーネストは、どうでもいいことを口にしている。

「ああ、本当だ」

「……もう私のことなんて、忘れてしまったのかと思ってた」

言いたかったことの一つが、やっと口をついて出た。少し恨みがましく聞こえただろうか。サイラスの表情を見ると、寂しげに笑っている。

「忘れて欲しかったか？」

「何で、いつも私のところに戻ってきてくれるんだろう。それが分からない。サイラスは自由だ。誰だって選べるし、どこにだっていけるのに」

「そうだな。俺は自由だ。どこにでも好きなように行くことが出来る。だけど俺の薔薇は、俺が世話をしないと枯れてしまう。だから、戻ってくるんだ」

サイラスの手が頬を撫でてくる。だがアーネストは、絵筆を離すことなく、画布の中に光りを閉じこめていた。

「あのときは逃げろと言ったのに、おまえは今みたいに絵を描いていた。いつもそうだ。ほっとくとアーネストは、ずっとこうして絵を描いている」

「他に何も出来ないんだ。ああ、そういえば、バターを作れるようになった」

「それはたいしたもんだ。すごいな、いや、立派だ」

サイラスの言い方に、ついにアーネストは笑い出す。そして笑っているうちに、いつか頬には涙が流れていた。

「生きていてくれて嬉しい。あの騒乱で命を落としたんじゃないかと思えて、こうして待っている間も辛かった」

　絵筆を手から落とすと、アーネストは立ち上がりサイラスに抱き付く。

「ハンナ王女や私を逃がしたことがばれたんじゃないかと、心配で、心配で、たまらなかったんだ」

「すまない。実は昨日まで、ずっとアーネスト・オルドマンを探していた」

「えっ？」

　ここにアーネスト・オルドマンはいる。それを知りながらもサイラスは、ずっと中隊長に嘘を吐き続けながら、革命組織の一員として働いていたのだろう。

「国境近くの修道院まで行ってきたんだ」

「ハンナ様は？　ハンナ様は無事に修道院にたどり着いたんだろう？」

　馬車の窓から、必死になってアーネストの名を呼んでいたハンナの姿を思い出すと、今でも胸は激しく痛む。無事かどうか知る手段もなくて、ずっと気に病んでいた。

「修道院では、中に入れてもらえなかった。修道院長は、ここにいる子供は、皆、同じく神の子供ですと言っていたな。預かっている子供は大勢いるんだろう、塀の外にいても遊んでいる声がよく聞こえてきた」

「その中にハンナ様はいたのだろうか？」

「今はまだ確かめることは難しい。もう少し落ち着いたら、寄付をするついでにもう一度修道院を訪ねてみよう」

ノーランに連絡を取れば確かめられるのだろうが、アーネストが生きていることを知られるわけにはいかないので、それも出来なかった。

「アーネスト・オルドマンは逃走途中で死亡、リード中隊長はそう結論づけた。国境近くまで探し回ったのに、それらしい男の姿を見た者はいない。非力な貴族だから、川で溺れたか、狼にでも喰われただろうとのことだ」

アーネストはこの世から完全に消えたのだ。だが名前や身分が消えただけで、アーネストの魂も肉体もここにある。それだけで今は十分に思えた。

「そうか、私はもう死んだのか。でも、痛みもなく殺されて有り難かったな」

「俺だって……ただ貴族を狩りたかったわけじゃない。もっと平和的に、自由な世の中を手に入れたかったんだ」

このときサイラスは、初めて弱気な表情をアーネストに見せた。そしてアーネストを強く抱き締めると、悲しげに呟く。

「なのにこの手を……血で汚した」

強靭《きょうじん》な精神を持っていると思えたサイラスでも、やはり傷つくのだ。その魂は今、自分達がしてきたことの非道さに対して、激しく痛み始めているのだろう。

そのままサイラスは跪き、アーネストの腰を抱いて懺悔するように呻く。

「血は……同じだ。貴族だろうと自由民だろうと、皆、同じ血が流れているのに」

「償えばいいんだ。これから大勢の人々を幸せにすれば、それがきっと贖罪になる」

「そんな簡単なものじゃない」

「いや……難しいことじゃないよ。まずはここに一人、サイラスに助けられた者がいる。私だけじゃない。ハンナ王女と子守りに女官達もそうだ」

跪くのはサイラスじゃない。いつだってアーネストの筈だ。なのに今、アーネストはサイラスの体を包み込むようにしっかり抱き締めていた。

「助けられた命だ。私は、人々の役に立てるような人間になりたい。でも、サイラスが助けてくれないと、私一人ではどうしていいのか分からないままだ」

「おまえはもう十分に役に立っている。こうして側にいてくれるだけで、俺は救われた気持ちになるんだ」

「そうか、役立っているのか。それは嬉しいな」

サイラスの髪をそっと撫でていくうちに、その体の強ばりが弱まっていくのが感じられた。

「花を見て和むように、俺はおまえを見ていると心が和む」

「私は何かしたんだろうか？」

「何も……。おまえは愚かなほど欲がない。そんな人間、俺はこれまで見たことがなかった。本当に薔薇の精なんじゃないのかと思ったくらいだ」

欲はある。サイラスが欲しいと何度も思った。あれは欲ではないのだろうか。だが、それ以外の欲となると、確かに何一つ思いつかない。

「あの欲の塊のような公爵の息子なのに、どうしてそんなに欲がないのか。最初はわざと人のいいふりをしているのかと疑ったほどだ」

アーネストはそこで気付いた。

欲がなかったのは本当だ。飢えたこともないし、寒さや暑さに痛めつけられたこともなく満たされて育ったせいで、生きるのに必要な欲は持っていなかった。

もっとも厄介な欲、名誉欲なんてものはドネルによって刈り取られた。むしろアーネストは、貴族であることを名誉ではなく、恥と思って生きてきたのだ。

心底欲しいと願ったものはたった一つ。

こんな自分でも、愛し、受け入れてくれる誰かの腕だけだった。

「私にだって欲はある。サイラスに愛されたいって欲が……あるんだ」

「それは俺が植え付けた。俺に会わなければ、アーネストはそれすらずっと我慢し続けただろう。そういう男なんだ、おまえは」

「サイラスにとって、薔薇より役に立つ存在になれたんなら満足だ。さ、立って、サイラス。キスを忘れてる。私は、水やりを忘れられた花みたいな気分なのに、ずっとそうやって放置しておくつもりなのか？」

そこでサイラスはようやく立ち上がり、アーネストを抱きよせてキスをしてくれたが、子供にするような簡単なキスだった。

せっかく誘った気持ちをはぐらかされたようで、アーネストは悲しげな顔を向けてしまった。

「不満そうだな」

悪戯小僧のように笑っている。以前より窶《やつ》れた印象のサイラスだが、目の力はここにきてやっと戻ってきたようだ。じっとアーネストに注がれる視線は熱かった。

「ここで、これ以上の興奮はしたくない。行くぞ、アーネスト」

「行くって、どこへ?」

「ここ以外のどこかさ。これからは俺のいるところが、おまえのいる場所だ」

「では、続きは、どこか別の場所で描くことにしよう」

アーネストは画材を片付け始める。ここでの暮らしもそれなりに楽しかったのに、これで終わりになるのは少し残念な気がした。

「あの馬車に、荷物を積むんだ」

サイラスが示したのは、小綺麗な小さな荷馬車だった。

「あの馬車だったら、一人で乗ってもふりおとされる心配はないぞ」

笑いながら言われて、アーネストは苦笑した。

馬にも乗れない貴族なんて、そうはいないだろう。だが、馬に乗れない絵描きだったら、いくらでも見つかりそうだった。

片付けていたらトマスが手伝いにやってきた。何だかつまらなそうなその様子を見て、アーネストは優しく声を掛けた。

「もう少しで完成するから、仕上がったらここに届けるよ」

「えっ？　まさか、あれをくれるの？」

「もちろん、そのつもりで描いたんだよ。トマスが七十歳になっても、絵の中のトマスは十六歳のままだ。今の姿を残せるから、絵は楽しい」

やはり絵が気になっていたのか、途端にトマスは晴れやかな笑顔になった。

「自分の絵を持ってるやつなんて、この辺りには一人もいないよ。おれ、自慢出来るね」

これまではほとんど人に見て貰うこともなく、ただ自分のためにだけ絵を描いてきた。こうして絵を喜んで貰えれば、それだけでアーネストも嬉しい。

「籠に、今朝、アランが作ったバターと、それにパンを入れといたから、若旦那と一緒に食べなよ」

「ありがとう。それじゃあ、バターを自慢しながら食べよう」

荷物なんてほとんどない。まだ新しい綺麗な荷台には、アーネストが必死になってここまで運んできた、大きな鞄が一つあるだけだ。その横に画架に掛けたままの絵と、パンとバターの入った籠が置かれていた。

ジェムズの一家が見送りに来てくれた。この家の主であるトビー・ジェムズは、アーネストの背を軽く叩いて言った。

「親がいないなんて、二度と悩まなくていい。アランにとっちゃ、ここが家で俺達が親だ。俺達は代々の農民だが、ジェムズの名前に誇りを持ってる。おまえも、誇りを持って生きてくれ」

「ありがとう、ジェムズさん……」

サイラスはアランのことを、隣国の教会の孤児院で育ったと説明していたようだ。純真なジェムズ一家はその嘘を全く疑わず、アーネスト、いやアランを自分達の家族としてくれた。

「若旦那、新大陸の芋が出来たら、真っ先にお邸に届けさせますよ」

そう言うとジェムズは、動き出す馬車に向かって手を振った。

荷台に置かれた画架に挿された薔薇が、手を振るようにしてそれに応えている。アーネストも手を振って、別れを惜しんだ。

自然と涙が溢れてくる。彼らとの別れにはこうして泣けるのに、アーネストは未だに父のために泣くことが出来なかった。

「いい人達だね……。新大陸の芋って?」

「ああ、悪天候に強い、新大陸産の種芋をあげたんだ。ジェムズなら上手く育てられる。いずれトマスの代には、芋で大金持ちになってるさ」

そんなことがあるのだろうか。だが公爵の薔薇は、信じられないような高値で取引されていた。ありふれているように思える草花にも、それぞれに価値があるのだろう。

「改めて自己紹介しよう。俺はサイラス・モントレー。穀物や草木を主に扱う商人だ。母親は俺を産んだときに死んだ。母親の違う妹が三人いる」

「それはどうも、モントレーさん。僕はアラン・ジェムズ。父親は農民で、弟のトマスと妹のメリーとアンがいます」

畏まって答えるアーネストに、サイラスは笑い出す。

「今から、俺の邸に行く。元の邸はもう少し広かったんだが、今のは小さい。家族も一緒には暮らしていない。母と妹は、長女が嫁いだ織物商人の邸で同居してる」

どうして一緒に暮らせなかったのかは、サイラスに訊くまでもない。

元の広い邸は、没落したことで失ったのだ。サイラスの性格では、それはかなり悔しかった筈だ。

アーネストはそこで、失った自分の邸のことを思い出していた。

「公爵邸は、どうなるんだろう」

今でも窓に囲まれたあの部屋にいる場面を夢に見るが、本当にそこに自分が住んでいたのか、不思議な気持ちがしている。

「いずれ競売に掛けられて、売上金は新政府の国庫に入る予定だ」

「そうなんだ。じゃあ……絵はどうなった？」

「リード中隊長は、自分で売るつもりでいたみたいだが、そうはいかない。あれも、新国家のものになった。勝手に売買は出来ないようになったんだ」

それを聞いて少し嬉しかった。何の価値も分からない人間の中で競売にかけられたら、とんでもない安値で売られてしまうだろう。まだしばらくは、そのまま公爵邸の壁に飾られているのだと思うと、救われた気持ちになってくる。

馬車は都へと向かっているようだ。それに気付いた途端、知り合いに見つかるという恐怖が蘇り、アーネストは思わず帽子を目深に被って、顔を隠すようにしていた。

そんなアーネストに、サイラスは都の今の様子を語り出す。

「王と王妃は、城に幽閉されている。斬首しろと言うやつと、いや、飾り物としてそのまま飼っておけと言うやつがいて、議会でも意見が別れてしまった」

「サイラスは斬首には反対？」

「ああ、王を取り戻して、王制を復活させられるような、気骨のある貴族なんてものは、一人も残っていない。王のために命を投げ出した公爵達だけが、本当の貴族だったんだろう。王にはもう何の力もない。幽閉中の食事に文句を言うのが精一杯だ。斬首の必要なんてないさ」

都に向かう道を行くと、これまで忘れていたあの騒乱の初日の様子が蘇ってきた。

街道にも荒れた様子がまだ残っている。木に剣の切り後が残り、敷石の所々に赤黒い血の跡がこびりついていた。

薄汚れた格好で、腰から剣を提《さ》げた男達が歩いている。すぐにでも盗賊となって襲ってきそうで不気味だ。アーネストが緊張していると知ると、サイラスは少し馬の足を速めさせた。

「国軍は解散させられ、新政府は傭兵と志願兵中心の新国民軍を創設した。俺も誘われたが、もう血を見るのは嫌だ。あんな汚い血は見たくない。俺が見たいのは……」

そこでサイラスは言葉を切り、ふっとため息を吐いた。

美しい血が見たいのだろうか。アーネストの白い肌に刻まれる、鮮やかな血の色の模様が見たいというなら、いくらでも打たれる覚悟はある。

アーネストは見せつけるように、シャツの腕をまくり上げる。白い肌が、サイラスの目にとまっただろうか。

「このままいけば、いずれ同じことの繰り返しになるんだろう。誰かが一番偉くなって、そこに利益が集中する。権力争いの結果、くだらない暗殺が横行するんだ」

せっかく誘いかけたのに、まだサイラスの心は欲望の岸に流れ着いていないらしい。せめて手を握るぐらいはしてくれてもいいのにと、アーネストは一人で焦れている。

だがサイラスは、この広場で大勢の人々が殺戮される現場を見てきたのだ。こうして馬車を繰っている間も、その頃のことを思い出してしまうのだろう。サイラスにとって戦いは終わったばかりで、とても甘い気分になどなれないのだ。

再会出来たことで浮かれてしまい、思いやりを欠いていたとアーネストはそこで反省した。

「落ち着いたら新大陸に行かないか？　しばらくあっちで暮らそう」

サイラスにいきなり言われて、アーネストは思わずサイラスの横顔を見つめる。

「新大陸？」

「俺といたかったら、どこにでもついていく覚悟を決めておけ」

「絵の具と画布があるなら、どこにでもついていくよ」

「そうだ、それでいい」

「だけど、どうして新大陸に……」

「この国に執着する意味はもうない」

そうアーネストに教えてくれたのは、通り過ぎる町の風景だった。荒れた町を見ていると、アーネストにもここで暮らすことに意味がないように思えてくる。

「あれは……」

城の前の広場には、ボロ切れのようにしか見えない骸が、いくつも吊されていた。

「今、晒されてるのは、この混乱に紛れて物取りになった元兵士達だ。安心しろ。公爵の遺体は、大教会の地下に安置されている。たとえ敵でも、正々堂々と戦った者には敬意を払え、そう教えてくれる人間が、革命組織の中にもいてくれたことが助かった」

「教会の地下に……」

危険を冒してでも、そこにいって父と対面するべきだろうか。そうすれば父の死を受け入れられるのかもしれない。

いや、そんなことをせずに、父はまだ生きていると思うことにしたほうがいいだろう。公爵邸もそのままで、あそこに暮らしているのだと思えばいい。アーネストは二度と公爵邸に戻ることはないのだから、そこにもう誰もいないことを見ないですむ。

「兵は一つでも階級が上がることを狙って、手荒な貴族狩りをまだやっている。議員は自分が頭首になれるものだと信じて、連日意味のない会議だ。商人は混乱に乗じて荒稼ぎするから、一番、被害を受けるのは庶民ばかりだ」

理想に燃えて革命に参加したのに、どうやらサイラスは失望させられるばかりだったようだ。

「敵はいなくなった筈なのに、また新たな敵を作り出すやつらにはうんざりだ。新大陸はまだ混沌としているが、それでもここより希望はある」

サイラスはもっと馬車を速く走らせるために、鞭を振るった。

傷つきやすい一面が、サイラスにもあるのかもしれない。そんなこともこれから一つずつ、新たに知っていくことになるのだろう。

サイラスの邸は、小高い丘の中腹にあった。馬車が一台通るのがやっとのうねうねとした坂道を上り、辿り着いたのは石造りの頑丈な家だった。

馬車で庭に乗り入れると、そこでアーネストはとんでもない出迎えを受ける。

「おまえ達……元気そうだね」

公爵邸にいた犬達だ。盛大に尻尾を振って、アーネストを歓迎してくれていた。

褐色の肌をした異国の少年が、荷物を下ろすのを手伝ってくれている。少年はアーネストを見ると、恥ずかしそうに笑った。

「新大陸から連れてきた、ジンだ。言葉は、まだよく分からない。おまえの世話係だから、いろいろと教えてやってくれ」

犬達はジンにもよく慣れている。きっとサイラスが忙しくてここに戻れない日々、ジンが犬達の世話をしていたのだろう。

「ジン、彼がアラン・ジェムズだ。俺はアーネストと呼ぶこともあるが、気にするな。おまえはアランと呼べ」

そうだ、もう名前は変わったのだ。なのにサイラスは、以前のままの名で呼ぶ。それはどういった思いからなのだろう。

「こっちだ」

　サイラスは画架を手にすると、それを持って階段を上がっていく。そして辿り着いた部屋を見て、アーネストは言葉を失った。

　薔薇の王国だ。黄色、赤、ピンクに白、様々な薔薇が部屋中に飾られている。

　大きな窓が東から西までの三方向にあって、採光は申し分ない。光りに照らされて、薔薇はしっとりとした美しい花びらを輝かせている。

「ここは……」

　しかも窓からは、海がすぐ近くに見えた。

「港のすぐ側だ。俺は、この辺りで育った。坂の上にある、広大な邸が俺の家だったんだ」

「そこに戻りたくはないの？」

「いや、大家族じゃないんだ、ここで十分さ。あのうるさい女共を呼び戻して、一緒に暮らす気は全くないし、それに、いずれ新大陸に向かうからな」

　サイラスは窓を開く。するとすぐ間近を、海鳥が過ぎっていった。

「いい眺めだろ。しかも明るい」

「ありがとう、サイラス。こんなにたくさんの薔薇……いったいどこから」

「この花には、人を惹き付ける特別な魔力があるらしい。俺の父親も、薔薇作りには熱心だった。温室も薔薇園も、一時は手放したが、どうにか取り戻したよ。今はボルド達が管理している」

もしサイラスが奪い返していかなかったら、この薔薇達は咲けなかったのかもしれない。誰も管理する人のいない温室で、ただ枯れていくばかりだっただろう。

「サイラスは薔薇まで助けてくれたんだ……」

「貴族のものは、すべて人民に返されるべきだ。革命組織では、それが決まり文句だったからな。あのままにしておいたら、取り戻すことは出来なかっただろう。やつらにとっちゃ、道端の雑草と区別もつかない。枯らしてしまうに決まっている」

懐かしい甘い花の香りを、アーネストは思い切り吸い込む。すると官能の夜の記憶がそこに繋がった。サイラスに抱かれるときは、いつも側に薔薇があったのだ。

「ここはおまえの絵のための部屋だ。明日には、画商が来る。絵の具でも何でも、好きなものを頼むといい」

「分からない……こんなによくしてもらって、私はどうしたらいいんだろう」

麦を刈ることの出来ないアーネストには、金を稼げる手段なんて何もない。サイラスのしてくれたことに対して、返礼の品を買うことも出来なかった。

「綺麗に咲いた薔薇に、人は何を求める？　まさか薔薇に、明日のパンを焼いてくれとは言わないだろ。つまり、そういうことだ。アーネストは自分に出来ることをすればいい」

「ありがとう……」

では、今、もっともしたいことをしよう。それはまずサイラスを愛するということだった。

アーネストはサイラスに近づき、その体を抱き締める。するとサイラスはその意図に気付いたのか、アーネストの額に軽くキスをすると、隣室への扉を示す。

「寝室は、あっちだ。おいで……」

サイラスはアーネストの手を引き、北側の薄暗い部屋へと案内していく。

天蓋付きの大きなベッドが据えられていた。暖炉のある部屋はとても静かだ。明るいところから来たので、目が慣れるまで少し時間がかかった。眠るのにちょうどいい部屋のように思えたが、薄闇に慣れると壁に飾られたものが目を惹いた。

この邸を訪れてから、まず薔薇で驚かされた。そして絵を描くための部屋の窓に驚かされた。もう驚くことなどないと思ったのに、アーネストはさらに驚かざるを得ない。壁にはびっしりと、アーネストの描いた絵が飾られていたからだ。

「中隊長が奪ったと思っていたのに……」

「絵の価値なんて、分かる男じゃない。だからせっかく譲られたもので残念だったが、おまえの馬と交換したんだ」

「あの馬と？」

「ああ、とても喜んでいた。馬の価値は、よく知っている男だったからな」

ほの暗い部屋の壁に、無数の薔薇が咲いていた。アーネストが何年も掛けて描き続けた薔薇は、ここでまた新たな命を得ている。

「何年も掛けて、おまえが描き続けた大切な絵だ。助けられてよかった。画商に見て貰ったら、おまえの本当の実力も分かるだろう」

おかしい。サイラスは一言も、アーネストを愛しているなんて言ってくれなかった。なのに次々と、まるで愛する者がするようなことをしてみせるのは、なぜなのだろう。

呆然と立ちすくむアーネストを、サイラスは背後からそっと抱きしめてきた。

「薔薇一本でも、おまえは喜ぶ人間だって知っているが、これは、俺なりの贖罪だ」

「謝るようなことはしていないじゃないか。奪った薔薇だって、元々はサイラスの家のものだったんだから」

「そうじゃない。もしおまえが領主になっていたら、きっと心優しい、いい領主になっていただろう。領民にとっても、統治に不慣れな新政府より、おまえの統治のほうがよかったに違いない」

「そんなことはないよ。私は……絵を描くしか能がないから、きっといい領主になんてなれなかった」

だが強欲な領主にはならなかっただろう。それだけは確かだ。家令のスチュワートに怒られても、不作の年は税を免除したりしてしまいそうだった。

「俺が奪われたのは、薔薇と父の名誉だけだ。だがアーネストは、父親の命も領地も、邸も庭も何もかも失った。なのに……おまえは俺を恨まない」

「恨むなんて出来るものか。だって私は、サイラスを愛してるんだ」

愛していると言わないのは、サイラスばかりじゃない。アーネストだってまともに愛を告げたことなどなかった。

「そう……愛してるんだ」

アーネストは目を閉じる。そして再びうっすらと目を開く。視界の中に飛び込んでくるのは薔薇、薔薇、薔薇の花ばかりだ。

「サイラスに会うまで、私は、薔薇しか心の内を語る相手がいなかった」

だから薔薇を描き続けた。それしかアーネストにはなかったのだから。けれどあの部屋で描いた最後の絵には犬がいる。そしてあの部屋を出てからは、ついに人物まで描けるようになった。

「私に……痛みを、サイラス。お願いだ、この体に痛みを与えて欲しい。生きていると感じられる痛みを、どうか……私に」

サイラスの手が、アーネストのシャツをその体から引き剝がしていく。少しは陽に焼けたけれど、まだまだ色白のアーネストの体が薄闇の中に浮かび上がった。

「悪い癖だな」

背後から伸びてきたサイラスの手が、アーネストの乳首をいきなり抓る。途端にアーネストは、これまで遠ざけていた激しい情欲に火を点けていた。

「あっ……ああ。い、痛みが欲しい」

「そうだな。ただの痛みじゃない。甘い……痛みが欲しいんだろ」

「うっ、ううう」

サイラスはアーネストの体を、ベッドに向けて強く押す。アーネストはそのまま俯せで倒れ込み、微かに香草の匂いがするベッドカバーに顔を埋めた。

「名前を変えて生まれ変わっても、この癖だけは変わらないらしいな」

ズボンを膝まで下げられた。だがまだ脱がされることはなく、屈辱的な姿勢を取らされただけだ。けれどそれだけでもアーネストには十分だった。日常では決して起こりえない、特異な体勢をとらされている、それがアーネストにとっては何よりもの刺激となるのだ。

「私には、罰が必要なんだ……」

何の苦労もなく育ったことを、アーネストは未だに罪深く感じている。その罪を消してくれるのが、愛する者から与えられる痛みのように思えた。

「私に……痛みを与えていいのはサイラスだけ」

「そうだ。他の誰も、この体に痛みと快感を与えてはいけない。俺だけが、アーネストを自由に出来る。それだけは忘れるな」

いったい他の誰が、愛する者の体にわざわざ痛みを贈れるというのだ。愛しているという甘い言葉よりも、望むような痛みを与えることがサイラスの愛なのだとアーネストは気付く。

普通の愛され方では、アーネストは満たされない。ドネルによって歪んだ性癖を植え付けられてしまったせいだ。いや、それだけではなく、天性のものなのかもしれないが。

そんな性癖を、誰よりもよく理解してくれているサイラスが相手だから、アーネストは痛みの中に深い愛を感じることが出来るのだ。

ヒュッと空中で何かが鳴った。続けてアーネストの尻には、焼けるような痛みが走った。

サイラスはベルトでアーネストを打ったのだ。

「あっ……ああ」

世界がゆっくりと溶け始める。これまでそれぞれの色に輝いていた世界の構築物は、絵の具をかき回したかのように溶け合っていった。

すぐにアーネストのものは興奮し、ベッドの端に先端を打ち付けていた。

「あっ！」

二回目の痛みと同時に、アーネストはあっさりと果ててしまい、全身を細かく震わせながら喘ぐ。

「あっ、あああ」

「そんなに飢えていたのか？」

「んっ……んん、ベッドを汚してしまった……すまない」

あまりの恥ずかしさに、そんな言葉で思わず誤魔化してしまった。一度果てても、アーネストの中の欲望が枯れることはない。むしろこれが起爆剤となって、新たな興奮へと導いていく。

「簡単にいくんじゃつまらないだろ」

そこでサイラスはアーネストの靴を脱がせ、ズボンもすべて剝ぎ取ってしまった。そして靴の革製の細い紐を抜き取ると、それを手にしてアーネストの性器の根元を縛ってしまう。

「こんなことをされるのは初めてだろ」

「何もかも、いつだって、どんなことだって、サイラスにされるのが初めてだ」

サイラスが教えてくれなければ、アーネストは何も知らないままだ。興奮に伴い、紐がどんどん食い込んでいくのがたまらない痛みになった。

「あっ、ああ」

「痛むか。いい痛みだろう？」

再びアーネストをベッドの上に蹲らせると、サイラスは今度は平手で叩いてきた。いつもならそれだけで我を忘れてしまうのに、新しいその部分の痛みが、アーネストの正気を留めている。

「んっ、い、痛い。あっ、ああ、紐が……」

きりきりと痛む性器に手を伸ばすなど、許されはしないだろう。アーネストはただ痛みに溺れ、酔うしか許されないのだ。

「こういう楽しみを教えてくれる、秘密の娼館だってあるんだ。なのに、おまえは一度も行かなかったんだな」

「そんなところに行くなんて……出来ない。私は、待ってたんだから」

いつか本当の恋人に会えると夢見ていた。そしてあの日、温室の中で夢は現実になったのだ。

「俺もおまえを見た瞬間、ぞくぞくしたよ」

サイラスの手が優しくアーネストの体を撫でている。痛みの合間に与えられる優しい愛撫は特別だ。

けれど最初から優しい愛撫だけでは、こんな快感は得られない。

痛みと甘さが交互に与えられる。それがアーネストをより大きく興奮させるのだ。

「抱いたら、どんな顔を見せてくれるのか、気になってたまらなかった」

俯せにされていたら顔を見せられない。そう思ってアーネストは、少し頭を上げてサイラスを振り向く。

サイラスは笑っていた。いつもどおりの不敵な笑顔を見せられて、アーネストは泣きたいほどの幸福を感じた。

「素直な人間だが、快感に対しても特別素直だな」

「んっ……んん」

アーネストの体は、苦しみながら待っている。サイラスの一部が侵入してくるその瞬間を。

「あっ、あああ、お願いだ」

ついに懇願の言葉が出た。

「まだ早いだろう？」

「ずっと待っていたのに……薔薇の王国を追放されてから、サイラスを待つことだけしか、私には楽しみもなかったのに……それでも早いと言うのか？」

まだまだこうして焦らされ続けるのかと、アーネストは体を蠢《うごめ》かせてサイラスを誘う。

「欲しいのか？」

欲望のままに告白したけれど、もう黒い影が忍び寄ってきて、アーネストを脅すようなことはなかった。

「これは悪いことじゃない。そうだ、欲しいんだ。欲しい、欲しがってもいいんだ」
アーネストが男に惹かれる性質だと見抜いて、脅し続けたドネルの呪いは消えた。残っているのは、
痛みを求める変わった性癖だけだ。
「愛して……サイラス、お願いだ、愛して欲しい」
「欲しかったら、自分から取りにくればいい」
どうやって取りに行けというのだ。そこで悩んでいるような余裕はない。アーネストは体の向きを
変え、まだベッドの脇に立ったままのサイラスの前に跪いた。
ベルトは抜かれていて、サイラスのズボンは緩んでいる。それを一気に引きずり下ろし、その部分
に顔を押し当てた。
「不思議だな。いつもは無欲の大人しい男なのに、火が点くととんでもない欲深になる」
サイラスのものを取りだし、そこに唇を押し当てた。それはもう興奮した状態で、先端を湿らせて
いた。こんな状態になっているのに、冷静なままでいられるのが不思議だ。
アーネストの様子を見守り、どうやってお互いに快感を貪ろうかと、考える余裕がある。だからこ
うして、アーネストを焦らすことが出来るのだ。

「あっ……ああ」

飢えた子犬のように、アーネストはサイラスのものにむしゃぶりつく。公爵家の子息は、そんなおぞましいことをしてはいけない。だが、無名の画家なら許される。

「ああ……ああ、あっ、ああ」

根元を縛られていなかったら、また果てていただろう。これまで押さえ込んでいた欲望が、一気に解き放たれて、アーネストを駆り立てていた。

「こ、こんな姿を見せられるのは、サイラスだけだ……。こんな私を、どうか、許して」

「おまえは……本当は許されたくなんてないんだ」

興奮したものをアーネストの口中に突き入れながら、サイラスは呟く。

「そうやって謝罪を理由に、巧みに俺からいたぶりを引き出す。どうやらその技に、俺もすっかりはまってしまったらしい」

「んんっ…んんっ……」

口中にまで性感帯があるのか、アーネストはすでに意識を失いかけていた。それでも必死にサイラスに快感を与えるように口を動かす。

「とんでもない薔薇だ。綺麗だからって手を出すと、しっかり毒のある棘を隠している。この毒にやられたら……おまえとしか楽しめなくなるんだ」

いきなり口中のものが抜かれた。そしてアーネストの体はベッドの上に放り投げられ、上からサイ

ラスがのしかかってきた。

「あっ！」

唇が重なり、貪るようなキスになった。その間にサイラスは、アーネストの性器の戒めを解く。

途端にアーネストの体は細かく震えて、一気に精を迸らせていた。

何て欲の深い体だろう。この体からは毒が出ていて、それがサイラスまで冒すのだ。

「まだ足りないんだろう？　もっと、もっと欲しいんだよな」

「んっ……んん、あっ！」

その部分にサイラスのものが侵入してきた。するとアーネストは再び自分が興奮してしまったのを感じた。禁欲的に過ごした何年かに失った喜びを、こうして取り戻そうとしているのだろうか。

「おまえを手に入れたら、余計な心配をし続けないといけなくなる」

アーネストのものを手で弄りだしたサイラスは、激しく腰を動かしながら、怒ったように言ってきた。

「他の誰かを誘わないように、ずっと監視していないといけない」

「そ、そんな心配、しなくていい。私には……」

「俺しかいないと、いつでもおまえは言うが、それはあの邸にいたからだ。外の世界には、おまえを狙う男や女が大勢いる」

誰もアーネストになんて注目しない。そう言ってサイラスを安心させたかったが、そんな慰めを言ってもサイラスは満足しないだろう。

安心させるのは簡単だ。ここに来てもアーネストは、家から一歩も出ないで、社交とは無縁の生活を続ければいいだけだ。

「サイラス……私を……ここに隠して」

自分の描いた絵は、出来ることなら大勢の人に見て欲しいけれど、アーネスト本人は誰にも知られる必要なんてない。ずっと隠れて生きていけばいいのだ。

「他の誰もいらない……サイラスがいればいい」

その言葉に満足したのか、サイラスは黙って自分の欲望のために動いた。その合間にも、アーネストのものを刺激するのを忘れなかったので、サイラスが果てると同時に、アーネストもまた新たに精を放っていた。

海に放り込まれたかのようだ。きっと溺れるというのは、こんな感覚なのだろう。際限なく墜ちていく幻影が見えて、アーネストはサイラスに縋り付く。

「あっ、ああ、沈んでいきそうだ」

「大丈夫だ。俺が捕まえてる」

サイラスの腕が、アーネストの体をすっぽりと包み込み、優しい恋人のようにふるまっていた。

こうして優しくされるのも嫌いではない。アーネストはサイラスの肩に唇を寄せ、甘く吸って感謝の気持ちを示す。

並んで横たわっていると、微かに風が入ってくるのが感じられた。アーネストにとっては嗅ぎ馴れない海の匂いと、隣室の薔薇の香りが混じって不思議な調和を生み出しているようだ。

「まるで私達みたいだ……」

アーネストの言葉の意味が分からず、サイラスは不思議そうな顔をして訊いてきた。

「何のことだ」

「サイラスは海からの風だ。私は、無力な薔薇の王……。この邸では、海風と薔薇が、仲良く共存している」

「おかしいよな。アーネストはいつもそんなことばかり口にする。元は公爵家の子息なのに、ジェムズの家にいるときだって、あのまずい豆のスープに文句一つ言わなかった」

なぜ文句を言わないといけないのだ。豆を育てることもしなかったアーネストには、与えられることに対する感謝の言葉しかないだろう。

「おまえのそういう人間離れしたところは好きだ。ここに閉じこめておけば、ずっとそうやって妖精の王みたいにしていられるんだろうが……俺達は、新大陸に行く。あそこでは、人々がここよりずっと開放的で、自由に暮らしている。おまえも誘惑されそうで心配だ」

「なら……鎖で繋ぐか、この体に鍵を付けてくれ。そうすれば……何も心配いらないだろ？」

アーネストが顔を耳元に近づけて囁くと、サイラスは困ったような顔をした。

「そうやってまたおまえは誘惑するんだな」

「誘惑？　そんなことをしているつもりはないよ。でも、サイラスが安心出来るなら、どんなことだってする。犬のように繋がれてもいい。そうだ、温室にいた鳥達、あんなふうに、足枷と鎖で繋がれても構わない」

「やめろ、そういう危険な誘惑をするな」

思ったままを口にしただけだ。それでもやはりいけなかったのだろうか。

「天使の顔で、悪魔のような誘惑をするんだな。本当に、おまえのために足枷と鎖を用意してしまいそうだ」

サイラスにとって、アーネストを喜ばせることがきっと何よりもの楽しみなのだ。この邸を見ていると、そんな気がしてきてしまう。

「私は、愛されているんだろうか？」

答えなんて求めてはいけない。そう思っていたけれど、やはり訊いてしまった。

「俺には、愛し方なんてものは分からない。おまえがそう感じるなら、それでいい」

「愛し方が分からない？　どうして？」

「さあな。教えられなかったからだろう」

「……嘘だ。サイラスは愛し方を誰よりもよく知っているじゃないか」

そんな質問をしてしまったからいけないのだ。これがサイラス流の愛し方だったら、アーネストはただひたすらサイラスを信じて、愛されていればいい。

「新大陸の人間は、針で体に絵や印を入れるんだ。アーネストの体に、俺の名前を入れよう。そうすれば、それが所有の印になる」

「針で絵を入れる？」

「ああ、生涯消えないらしい。少し痛いらしいが、そんなものアーネストには気持ちいいだけだろ」

サイラスは体を起こし、上からじっとアーネストを見下ろす。

「その綺麗な体のどこに、俺の名前を刻むかな」

「どこにでも……」

針でサイラスの名前を刻まれる。想像しただけで、アーネストははしたなくも興奮していた。出来るなら名前を刻むときには、サイラスも側にいて欲しいとアーネストは願う。

サイラスの見ている前で、痛みに身を捩るなんて素晴らしい。サイラスの指が、アーネストの体のあちらこちらをなぞりだす。

まだ痛みもないのに、アーネストはそこに名前が刻まれたような気がしていた。

翌日、画商がやってきた。臙脂《えんじ》の派手な上着に、緑のおかしなタイを巻いている若い男で、あまり威厳は感じられない。これで本当に審美眼などあるのだろうか。

「トルーガ・オーガスタです。モントレーさんからご紹介いただいた画商です」

「どうも……アラン・ジェムズです」

アーネストはそこでトルーガを、二階の部屋へと案内した。午後の陽がよく入っている。絵は光りを受けて輝いている筈だ。それが画商の目を楽しませることはあるのだろうか。

トルーガはしばらく無言で、絵をじっと見ている。何だか自分の裸を見られているぐらいに、気恥ずかしい気持ちがしてきた。

どうでしょうなんて訊けない。酷いと言われたら、際限なく落ち込んでしまいそうだ。

「花が多いですね。人物画は一枚きりだ」

「描かせてくれるような人が、ほとんどいなかったので……」

「薔薇か？　失礼ですが、薔薇はかなり高額な花でしょう？　ただの野薔薇じゃない。どれも園芸家の手になる、大輪の薔薇ばかりだけど」

アーネストは自分の浅慮を、ここでまた恥じる。絵を正しく評価する力なんてないのではないかと、最初から疑っていた。なのにトルーガは、絵の内容にまで鋭い観察眼を発揮させている。

「それと絵に署名がないですね。売れるような絵描きになりたければ、どこかに署名をお入れなさい」

「あっ……ああ、そうですね。実は……ある貴族の邸で、代理で絵を描いていたものですから」

作り物の身分を口にした。嘘は下手だし、やはり心苦しいが、せっかくサイラスがこんな機会を与えてくれたのだから無駄にはしたくない。

「なるほど、それで署名はないし、高価な薔薇ばかりなんですか。その貴族の家では、肖像画とかは描かされなかったんですか？」

「はい。望まれませんでした」

トルーガは薔薇と犬が描かれた絵に近づき、様々な角度から眺めつつ口にした。

「貴族社会が崩壊したから、肖像画専門の絵描きは、仕事が激減です」

「……そ、そうなんですか？」

「今じゃ、絵描きのほうから、描かせてくれと頼み込むくらいですから。貴族にとっちゃ、肖像画は描かれて当たり前のものだったけれど、平民にとってはまだ贅沢なものですからね。金持ちの家でも、頼まれたからといって描かせることはありませんよ」

絵よりも馬を喜んだ中隊長のことを思い出し、アーネストは頷く。

麦を刈るよりも意味がない。それが絵を描くことだと思えて、気分は沈んだ。

「だけど、金持ちの家では、こういう華やかな絵を飾りたがるでしょう。新しいですね。光りの入れ方がいい」

「あ、ありがとうございます」

褒められたのだろうか。だとしたらここは素直に喜ぶべきだ。落ち込んだり、浮き上がったり、アーネストの心は落ち着かない。

「いいでしょう。画材は進呈いたします。ただし描き上がったものを売る権利は、すべて私に一任してください」

「……そういったことは、私にはちょっと。よければモントレーさんと決めてください」

「ああ、新しい資金提供者がモントレーさんなんですね」

アーネストはそこで頷く。

そのうちサイラスの名前を体に刻まれ、足枷と鎖で逃げられないようにされるのだ。アーネストはもうサイラスだけのものだった。

「私の絵は、売れるようなものということなんでしょうか？」

「絵は売れるのではなくて、売るのです。私が売ると決めたからには、売ってみせますよ。とりあえずは画布と絵の具、それに絵筆や油が必要でしょう。ともかく描きなさい」

「売るのですか？」

「今からは、そういう時代になりますよ。絵は、貴族達だけの高尚な趣味のものではなくなったんです。誰もが楽しめるようなものがいい。あの農夫の若者の絵はいいですね」

まだ仕上がっていないトマスの絵を褒められて、アーネストは頬を染める。

「そうか……いや、実は、公爵家の子息が、かなりいい絵を描くという噂を耳にしていたんです。どうせ貴族のお遊びだから、皆で適当に褒めそやしているんだと思っていたんですよ」

「えっ？」

浮き上がった気持ちが、これでまた一気に下降した。まさかトルーガは、アーネストのことを疑っているのだろうか。

「もしかして……薔薇園で有名な、あの公爵邸にいたんですか？」

「……」

アーネストは答えられない。いや、いたのは公爵邸ではない。薔薇の王国にいたのだと答えられたら、どんなにいいだろう。

「本人が描いていなかったのなら、納得出来ます。よかったですね。時代はあなたの味方だ。これからは堂々と、自分の名前で絵を売れますよ」

「自分の名前で……」

アーネスト・オルドマン。それが本当の名前だ。その名前で、公爵の身分だったら、絵は正しく評価されることはなかったのだろうか。

それが不思議だ。

「どうだ、トルーガ。この男の絵は？」

商談に出掛けていたサイラスが戻ってきて、親しげにトルーガに話し掛ける。どうやら二人は昔からの知り合いらしい。

「華やかでいい。これからも薔薇を描かせることだな。こんなふうに薔薇を描く絵描きは少ないから、人気が出るだろう」

「それじゃ、絵の具と画布をたくさん持ってきてくれ。おまえの目は正しい。いいものに投資したな」

トルーガの肩を抱き、サイラスは階下へと案内していく。

サイラスには男の友達が多そうだ。初めての相手でも、サイラスはすぐに仲良くなれる技を身に付けている。

嫉妬するのはサイラスではなくて、むしろアーネストのほうではないのだろうか。

ただ女性には、あまり興味がなさそうなのはありがたい。気の強い継母《ままはは》と、彼女にそっくりな三人の異母妹に囲まれて育ったサイラスは、そのせいで女嫌いになったのだという。

ふと、姉と義兄の姿が脳裏を過ぎった。今となっては、アーネストの身内は彼らしかいない。

もしかしたら義兄の伯爵は、サイラスが公爵邸に潜り込むのに助力したのかもしれないと思えてきた。二人が以前から知り合いだったという可能性はないだろうか。

「そうか……あの香草」

入浴時に同じ香草を使っているのは、二人が知り合いだったことの証明ではないかと思えてくる。だとしたら伯爵は、アーネストの命を助けるために、サイラスに少しは協力していただろうか。

そんなことも、一度サイラスに問いかけてみたい。

陛下ではお茶の時間になっていた。ミルクを煮立てたお茶に、トマスがくれたパンとバターが、さりげなくテーブルに置かれている。

サイラスはトルーガ相手に、楽しげに話しながら食べては飲んでいた。そしてアーネストが来たことを知ると、極上の笑顔で椅子を勧める。

「この男は……本当は薔薇の精なんだ」

何を思ったかサイラスは、トルーガに悪戯っ子のような顔で説明する。アーネストは笑いながら、静かに頷く。

「はい、本当は、薔薇の王国の王だったんです……」

「俺に恋したせいで、人になったのさ」

サイラスの冗談めいた言い方に笑ったけれど、アーネストはまさにそれが真実だと思っていた。

それから八年の後、新大陸に渡ったアーネストは、サイラスと一時帰国したおりに、トルーガからおかしな話を聞いた。国境の修道院に、砂絵を描かせたら天才的な修道女がいるという話だ。

トルーガはどうにかしてその修道女に、水彩画か油絵を描かせたいと思ったらしいが無駄だった。風雨ですぐに崩れてしまうのに、彼女は砂の上にしか描かないのだという。

アーネストはトルーガと共にその修道院を訪れ、高い場所にある回廊から、中庭に設けられた特設の砂場に目を向ける。

「素晴らしい……」

神の国でウサギやリスの小動物と遊ぶ天使の姿が、まるで木炭で描かれた絵のようにして描かれていた。考えすぎかもしれないが、その天使の顔は、どこかアーネストに似ているようにも見える。

描いたのが誰かは、もう分かっている。けれどアーネストは、あえてその修道女に会おうとはしなかった。

ただ心の中で、迎えに来られなくてすまなかったと、ハンナに深く詫びるしか出来なかったのだ。

あとがき

この本をお手に取っていただき、ありがとうございます。

今回の脇役、いえ、主役は薔薇《ばら》でございます。見てきたように嘘《うそ》を書いておりますが、現実に黄色の大輪の薔薇というのは、かなり近年になって作られたようです。

千九百年代に入るまで、今、私達が見ているような黄色の薔薇はなかったのですね。

薔薇はスポンサーを必要とする花です。これまで品種改良のために、かなりの金額と労力が使われてきました。

その中でも、もっとも有名なスポンサーは、あのナポレオンの妻、ジョセフィーヌです。彼女は世界中から様々な薔薇を集めさせ、大輪の美しい花を咲かせる薔薇を作り出す礎《いしずえ》を築いたのです。


薔薇を育てたことはありますか？

いろんなことに手を出してきた私ですが、その昔、薔薇にもちょっと手を出したことがあります。

庭のフェンスのところに、白っぽい薔薇を這《は》わせていたのですが、春から秋まで、ずっと花が咲き続ける種類で、とても楽しめました。

けれどそれだけで、私の薔薇作りは終わりました。

理由はただ一つ。

虫が……そう、足のない虫ですよ。あれがね、管理を怠ると、いろいろとね。出てきてね、あっ、私はこういうことには向かないいんじゃねっと、さっさとリタイアしてしまいました。

あの薔薇はどうなったんでしょう。その後、庭に置いたまま引っ越してしまったので、後から来た人が育ててくれたかなぁ。何か、今頃になって悪いことしたような気がしてます。


イラストをお願いいたしました緒笠原《おがさわら》くえん様、美麗なイラストをありがとうございます。ラフをいただきましたのが、心の励みになりました。

担当様、ご迷惑かけました。花を育てるように見守っていただき、感謝しております。

そして読者様、私は……薔薇が書けず、さらに薔薇が描けません。

絵は無理だとしても、すらっと漢字で薔薇と書けるようになりたいです。

剛　しいら拝

この本を読んでの
ご意見・ご感想を
お寄せ下さい。

〒151-0051
東京都渋谷区千駄ヶ谷4-9-7
(株)幻冬舎コミックス　リンクス編集部
「剛《ごう》しいら先生」係／「緒笠原《おがさわら》くえん先生」係

LYNX ROMANCE
リンクス ロマンス

薔薇の王国

2013年5月31日　第1刷発行

著者……………剛《ごう》しいら
発行人…………伊藤嘉彦
発行元…………株式会社　幻冬舎コミックス
〒151-0051　東京都渋谷区千駄ヶ谷4-9-7
TEL 03-5411-6431（編集）
発売元…………株式会社　幻冬舎
〒151-0051　東京都渋谷区千駄ヶ谷4-9-7
TEL 03-5411-6222（営業）
振替00120-8-767643
印刷・製本所…共同印刷株式会社
検印廃止

ISBN978-4-344-82839-1 C0293
Printed in Japan

幻冬舎コミックスホームページ　http://www.gentosha-comics.net

本作品はフィクションです。実在の人物・団体・事件などには関係ありません。